Ihre Antwort ist Shoganai – Ruhe bewahren in Krisenzeiten

Frank U. Möser

Ihre Antwort ist Shoganai

Ruhe bewahren in Krisenzeiten

Herstellung und Verlag:
Books on Demand GmbH, Norderstedt
ISBN 978-3-8423-6858-3

Aus tiefstem Herzen für die Opfer, die Menschen, die die Folgen des schweren Erdbebens vom 11.März 2011 ertragen müssen, den aufopfernden Kämpfern im Fukushima Daiichi Atomkraftwerk, die unter großer Lebensgefahr für Japan und die gesamte Menschheit ihr Leben aufs Spiel setzen und meinen Freunden, den Japanern.

Inhalt

Vorwort

Japan hat es am 11. März 2011 um 14:46 gleich dreifach getroffen. Das große Tohoku-Kanto Erdbeben war das schwerste Erdbeben seit Beginn der Aufzeichnungen um 1900 mit der Stärke 9.0 auf der Richterskala. Ausgelöst durch dieses Beben hat ein Tsunami unvorstellbaren Ausmaßes die Präfekturen Ibaraki, Fukushima, Miyagi und Iwate getroffen. Ganze Städte und blühende Dörfer wurden von einem Augenblick auf den anderen weggeschwemmt. Das Atomkraftwerk Fukushima Daiichi wurde durch den Tsunami so schwer beschädigt, dass unvorhergesehen sämtliche Strom- und Notstromversorgungen zusammengebrochen sind. Es kam zum ungleichen Kampf der Männer gegen die Überhitzung der Reaktoren und der in den Reaktoren 1 – 6 lagernden gebrauchten Brennstäbe. Es galt, den Super Gau mit Austritt erhöhter Radioaktivität aufzuhalten. Die Megapolis Tokyo mit 35 – 40 Mio. Einwohnern, je nach Grenzziehung, liegt nur etwa 230 km entfernt von Fukushima Daiichi.

Wie Japaner das verheerende Dreifach-Unglück, die größte Katastrophe seit dem verlorenen Krieg 1945, mit einer solchen Ruhe und Gelassenheit ertragen haben, hat die Welt in Erstaunen gesetzt und verwundert

Hunderttausende haben nur ihr nacktes Leben retten können. Sie haben Familienangehörige, Freunde, Mitarbeiter, ihre

Community, ihre Häuser, ihre Arbeit, ihre Lebensgrundlage und ihre Perspektiven für die Zukunft verloren.

In den ersten Tagen nach dem Unglück müssen diese Menschen immer noch mit der Angst vor weiteren Nachbeben und mit erneuten Tsunami Warnungen leben. Selbst die Ungewissheit über das Schicksal ihrer Angehörigen ertragen sie in den eiligst bereitgestellten Auffanglagern. Trotz aller widrigster Umstände, wie den Mangel an irgendeiner Privatsphäre, menschenwürdigen sanitären Einrichtungen, Kerosin zum Heizen der kalten Räume, Benzin für die Logistik, Lebensmitteln und den notwendigen Medikamenten, bleiben die erst einmal Geretteten im Vertrauen auf die Übernahme der Verantwortung durch die Verwaltung und Regierung ruhig. Sie konnten zu dem Zeitpunkt auch nicht wissen, dass es zum großen Teil keine lokalen Verwaltungen mehr gab und die meisten der vertrauten Bürgermeister im Tsunami umgekommen waren.

Auch nicht unmittelbar Betroffene im Osten Japans, insbesondere in der Region um Tokyo / Yokohama, haben mit der gleichen Ruhe tagelang die durch Stromabschaltungen verursachten Ausfälle von Fernverkehrszügen, S- und U-Bahnen, Ausfall von Verkehrsampeln sowie den täglichem Stromausfall von 3 Stunden in ihren Häusern hingenommen. Die schnell verbreitete Nachricht von der Möglichkeit eines Supergaus im zerstörten Fukushima Daiichi Atomkraftwerk wurde ohne Hysterie zur Kenntnis genommen. Und viele haben sofort wieder optimistisch an einen Neuaufbau Ihres Umfelds gedacht.

Meine Freunde in Europa, Taiwan und den USA haben mit den Menschen gelitten. Zuerst haben sie sich um mich und meine japanische Familie gesorgt. *„Seid Ihr O.K.? Gebt uns ein Lebenszeichen."* Das waren die ersten Fragen per E-Mail und SMS. Dann haben sie mich gefragt: *„Warum sind die Japaner so ruhig geblieben, haben all das geduldig ertragen? Warum ist es nicht zu Plünderungen gekommen? Warum wurde nicht gemeckert?"*

Meine Antwort darauf war, dass ihr Geheimnis in ihrer alten Volksweisheit liegt, die von Generation zu Generation weitergegeben wird, und die in einem einzigen Wort mit großem Hintergrund zusammengefasst werden kann: *Shoganai*.

Als Zeuge und Beobachter der geschilderten Umstände vor Ort habe ich meinen Freunden täglich meine persönlichen Eindrücke und Gefühle übermittelt. *Shoganai* war immer wieder meine Antwort auf ihre Fragen. Lassen Sie mich etwas weiter ausholen:

Kapitel 1

Yokohama

Meine Frau und ich wohnen in Yokohama, der zweitgrößten Stadt Japans mit etwa 3.7 Mio. Einwohnern. Die Stadt mit ihrem internationalen Hafen wird zur Megapolis Tokyo gezählt.

Als wir 2009 das 150 jährige Jubiläum der Hafeneröffnung Yokohamas feierten, wurde mir erstmalig richtig bewusst, dass Yokohama eigentlich eine junge Stadt ist, die noch vor 150 Jahren ein übersichtliches Fischerdorf gewesen war.

Erst mit der Eröffnung des Hafens hat sich Yokohama rasant entwickelt. Die erste Wasserleitung und Kanalisation, die ersten Telegrafen, die erste Pferderennbahn, die erste Ziegelstein-Fabrik, die erste Bierbrauerei, die erste Reinigung, die erste Eisherstellung, das erste Fleischrestaurant, das erste Fußgängerparadies, alles wurde in Japan zuerst in Yokohama eingeführt und ausprobiert. Selbst die erste Eisenbahn vom Bahnhof Sakuragi-cho in Yokohama nach Shimbashi in Tokyo.

In dieser Stadt konnten zu Beginn des 19.Jahrhunderts Kaufleute mit dem Seidenhandel so reich werden, dass sie öffentlich zugängliche Parks wie das Sankei-en errichten konnten, in dem sie japanische Landschaften nachbauten und jahrhundertealten Tempel und Häusern aus dem übrigen Japan zusammentrugen.

Am 1. September 1923 um 11:58 wurden Yokohama und ein Teil von Tokyo von dem großen Kanto-Erdbeben mit der Stärke von 7,9 überrascht. Die Zerstörungen haben mehr als 140.000 Menschen das Leben gekostet. Heute genießen die Menschen eine der weltweit schönsten Hafenpromenaden, den Yamashita Park, der aus den Trümmern der zusammengefallenen Häuser und Büros aufgeschüttet wurde.

Im Zuge der Modernisierung der Stadt wurden ab 1983 die alte Mitsubishi Schiffswerft, ein Teil der Hafen- und der alten Dockanlagen auf fast 200 ha, zu einem neuen Stadtteil entwickelt - Minato Mirai 21 – „Hafen Zukunft 21" mit dem S-Bahnhof Sakuragicho.

Direkt an der Yokohama Bay stehen auf dem alten Werftgelände jetzt Büro-Shopping-Hotel Hochhäuser. Dazu der Landmark Tower, das höchste Büro- und Hotelgebäude Japans mit 70 Stockwerken sowie eine kleine Messehalle, Pacifico. In den vergangenen sieben Jahren wurden mehrere Wohntürme mit jeweils 30 Etagen gebaut, in einem dieser Türme wohnen wir auf der 25. Etage.

Die Schwiegereltern

Die Schwiegereltern sind 88 und 87 Jahre alt. Sie wohnen in einem Teil von Yokohama, der früher als ländlich bezeichnet werden konnte. Bei gut fließendem Verkehr sind sie in nur 10 Minuten von unserer Wohnung zu erreichen.

Der Schwiegervater ist Arzt, er geht noch jeden Tag in seine Klinik, um seine Patienten zu behandeln. Die Schwiegermutter war ihr ganzes Leben mit ihren Hobbies sehr beschäftigt. Japanische Papierklebebilder, Kamakura-Bori - lackierte Holzschnitzereien, Ölgemälde, Ikebana – Blumensteckkunst und Haikus, die 15-Silben Gedichte.

Ihr wunderschönes japanisches Haus liegt in einer vor ca. 50 Jahren stufenmäßig angelegten damals neuen Siedlung an einer verhältnismäßig engen Straße. Im Vorgarten blüht ein knorriger Pflaumenbaum. Eine japanische Kiefer hat sich im Laufe der Jahre, gestützt auf einen starken Holzpfahl, malerisch, so wie das in japanischen Gärten häufig zu sehen ist, über das Eingangstor zum Vorgarten gelegt. Zum eigentlichen Hauseingang gelangt man über verschiedene Trittsteine. Das Haus hat einige, gegeneinander verschobene kleine Dächer und ein riesiges blau gedecktes Hauptdach. Die angrenzenden Nachbarn zu beiden Seiten stehen mit ihren Häusern nur eine etwas erweiterte Armlänge entfernt. Alles ist sehr gepflegt, japanisch. Im Laufe der Zeit haben an diesem Haus jedoch auch schon die immer wiederkehrenden Erdbeben ihre Spuren hinterlassen. So gibt es überall kleinere und größere Risse, die zwar repariert wurden, aber bei einem Holzhaus in dieser erdbebengefährdeten Umgebung unvermeidbar sind.

Im Haus wohnen die Schwiegereltern mit dem 20 jährigen Enkel, der in Tokyo studiert. Es ist eine typische, gutsituierte japanische Familie, deren Lebensumstände bestimmt mit vielen Familien in Japan vergleichbar sind. Erklärungen, warum Japaner ihre Umstände so ertragen haben, wie es das Ausland so erstaunt hat, kann ich auch am Beispiel dieser Schwiegereltern festmachen.

Was ich in diesem Hause schon zu Beginn bewundert hatte, war die Einfachheit, mit der die Familie lebt. Bei näherer Betrachtung über die letzten mehr als 30 Jahre allerdings, fand ich die eher verborgenen Schätze der Familie, Ihre unerschöpfliche Weisheit.

Gespräche im Haus meiner Schwiegereltern verlaufen immer harmonisch. Es gibt niemals eine gegenläufige Diskussion, keine Meinungsverschiedenheiten, keine erhobenen Stimmen, die etwas durchsetzen wollten. Manchmal ist es sogar langweilig, nichts woran ich mich reiben könnte. In aller Ruhe werden Meinungen ausgetauscht. Meine Schilderungen aus dem „rauen“ Deutschland werden mit einem erstaunten aber verständnisvollen Lächeln aufgenommen, niemals wird etwas bewertet. An diese Art der Familienzusammenkunft musste ich mich erst über Jahre gewöhnen. Aber die Samenkörner für ein besseres Verständnis der japanischen Kultur und den damit verbundenen Verhaltensweisen wurden dort gelegt. Sie gingen spät, aber glücklicherweise nicht zu spät auf. So wurde ich ganz allmählich an die Feinheiten der japanischen Seele gewöhnt. Diese feinen Nuancen menschlichen Zusammenlebens konnte ich im Laufe der vielen Jahre mit meiner rheinisch-deutschen Art mischen, so wurden sei damit auch zu einem Teil meiner Persönlichkeit. Diese unsichtbaren, über Generationen angewachsenen Weisheiten dieser Familie mit den Anpassungen an die heutigen Gegebenheiten, konnte ich wie ein Kind aufsaugen.

Anfang März 2011 begann ein großer Umbau im Haus der Schwiegereltern, bei dem u.a. die linke Seite des Hauses mit dem Bad vollständig bis auf die blanke Erde, die Dachkonstruktion und die Holzverschalung der Wände entkernt wurde. Morsche Balken wurden ausgetauscht, ein neues Betonfundament wurde eingezogen. Wie sich noch herausstellen sollte, eine ganz, ganz notwendige Arbeit, die sich bis zum 10. März hinzog, an dem der Rohbau fertiggestellt wurde.

Kapitel 2

Das große Ost Japan oder auch Tohoku-Kanto Erdbeben am 11. März 2011

Am folgenden Tag, dem 11. März 2011 um 14:46 bebte die Erde mit der Stärke 9,0. In Yokohama konnte ich es noch mit gefühlten 8,0 wahrnehmen. Ein Erdbeben mit dem Epizentrum 150 km vor der Küste der Stadt Sendai im Norden von Tokyo/Yokohama, etwa 350 km entfernt von Yokohama. Es bebte länger als sonst, die Stärke war die höchste seit 1900 gemessene Erdbebenstärke überhaupt.

In diesem Augenblick war ich zusammen mit meiner Frau mit dem Fahrrad unterwegs. An der roten Ampel mussten wir vom Rad steigen und warten. Da zu der Zeit auch ein starker Wind blies, mussten wir unsere Räder mit der Handbremse stoppen, damit sie uns nicht vom Wind weggeblasen werden konnten. Wie sich ganz schnell herausstellte, war das allerdings nicht der Wind, es war die schwankende Erde, die uns und unsere Räder so stark vorwärts schob. Erst nach einem kurzen Moment bemerkten wir, dass sich der Bürgersteig leicht in Wellen anhob, die Masten der hohen Straßenlaternen zunächst zu zittern und dann stark zu schwingen begannen. Ein älteres Ehepaar umarmte sich, um sich gegenseitig zu stützen.

Unser Blick ging zu den modernen Hochhäusern im Hafengebiet Minato Mirai. Das Gebäude der Bank of Yokohama bog sich in den oberen Etagen, das gesamte Hochhaus wankte gegenläufig zum Mitsubishi Heavy Hochhaus auf der anderen Straßenseite. Selbst die wellenförmig hintereinander aufgereihten Hochhäuser des Büro- und Shoppingkomplexes Queens schaukelten und schwankten. Was wir nicht gesehen haben, ob auch der Landmark Tower, das höchste Büro- und Hotelgebäude Japans, schwankte. In der augenblicklichen Betroffenheit hatte keiner von uns die Kapazität zum Landmarkt Tower mit seinen über 70 Etagen aufzusehen. Wir waren einfach zu beschäftigt, uns auf den Beinen und unsere Räder zu halten. Einen Moment dachte ich sogar daran, mich auf die Straße setzen oder legen zu müssen wie diese alten Leute, die sich zwischenzeitlich hingehockt hatten.

Das ganze Beben dauerte eine Ewigkeit - mindestens eine Minute - viel länger als sonstige kleinere Erdbeben, die wir meistens gar nicht bemerken. Es kam das Gefühl auf, ganz starke Kreislaufstörungen zu haben, die auch nach dem Beben nicht aufhören wollten. Und die auch später, nachdem wir wieder zu Hause waren, immer wieder irgendwie störten. Solche Schwankungen von Hochhäusern, das Beben der Erde und das Wackeln von Laternenmasten habe ich noch niemals erlebt. Auch meine Frau nicht, die bei Erdbeben immer cool bleibt. Just in diesem Moment hat sich eindeutig bewahrheitet, dass sich von einer Sekunde auf die andere das Leben verändern oder sogar ganz vorüber sein kann.

Alle Erkenntnisse meiner Meditations- und Atemübungen in den vielen Jahren in Japan kamen in diesem einen Augenblick in mir hoch. Mir schoss ein Satz, den ich so oft ausgesprochen und deshalb auch wohl verinnerlicht hatte, durch den Kopf:

„In dem Augenblick, in dem du erkennst, dass all dein Reichtum, dein Ruhm, deine Macht und dein Ansehen, deine Pläne und deine Wünsche durch Krankheit und Tod, Gewaltanwendung, Naturkatastrophen oder sonstige Umwälzungen in einem einzigen, kurzen Moment weggewischt werden können, dann wirst du weise und ruhig sein."

Daran dachte ich. Ich war ganz ruhig geblieben. Das Beben hörte auf, die vermeintlichen Kreislaufstörungen blieben mir erhalten. Dieses ungeheure Erdbeben, das war uns sofort klar gewesen, musste große Schäden angerichtet haben.

Wir fuhren weiter zum Supermarkt, um das einzukaufen, was wir für den kommenden Tag benötigten. Der Markt wurde gerade in diesem Moment geschlossen, es musste erst untersucht werden, ob Waren aus den Regalen gefallen waren und es keine Gefahr für die Kundschaft gäbe. Die Menschen, die sich vor dem Laden ansammelten, waren ruhig, jeder sprach allerdings über seine ängstliche Erfahrung in dem Moment des Bebens. Es dauerte nur einen kurzen Moment, der Supermarkt wurde wieder geöffnet. Die Stimmung war ganz normal, gelassen. Nach dem Einkauf fuhren wir schnell wieder mit dem Rad nach Hause, wir wollten im TV checken, wie stark das Beben gewesen war und wo das Epizentrum lag.

Auf den Straßen war wieder alles normal, der Anfangsschock war verflogen. Ohne weiter nachzudenken drückten wir im Gebäude den Rufknopf für die Aufzüge in die 25. Etage. Das war zu optimistisch, denn die Aufzüge wurden durch die heftigen Schockwellen sofort gestoppt. Sie mussten erst überprüft werden, bevor sie wieder freigegeben werden konnten. Also setzten wir uns in die Empfangshalle und warteten. Die Halle füllte sich, viele Bewohner unseres Hauses konnten nicht mehr in ihre Wohnungen zurückgehen. Wir waren von einem zum anderen Moment zu sogenannten *„Hochhaus-Nomaden"* geworden, zu Menschen, die bei Ausfall von Aufzügen nicht mehr in ihre Wohnungen in den oberen Etagen gelangen können.

Mit dem Erdbeben waren auch die Handy-Verbindungen ausgefallen. Informationen konnten nur über Internet-Handys verbreitet werden. Zum Glück konnte einer unserer *Mit-Nomaden* entsprechende Informationen empfangen. Er erklärte uns, dass wir sofort in die 2. Etage gehen müssten, es gäbe bereits eine Tsunamiwarnung. Da die Versammlungsräume auf der oberen Etage jedoch schon mit Kindern und Müttern mit ihren Babies überfüllt waren, zogen wir es vor, wieder unten in der Empfangshalle zu warten.

Hier flitzten die Mitarbeiter des Sicherheitsdienstes, die

Ingenieure für alle Eventualitäten, die immer vor Ort sind, und unsere Hausmeister eifrig, mit ernsten Minen zu den Garagen, zu den Erdbebensicherungen unter dem Gebäude und zu den verschiedenen Technikräumen. Es wurden blaue Fahrbahnmarkierungshütchen gebracht und zur Warnung da aufgestellt, wo es zu Schäden am Haus gekommen war.

Unter den Ingenieuren erkannten wir einen Herrn wieder, der uns mit der Gruppe unserer Düsseldorfer Freunde im Oktober noch die Erdbebensicherungen unter unserem Wohnturm gezeigt hatte. Auf einer Unzahl von tief im Untergrund fest verankerten Stahlsäulen, liegt eine Grundbetonplatte. Das Hochhaus selbst steht auf einem Stahl-Betonrahmen. Dieser Rahmen ist mit der Grundplatte durch zimmergroße Stoßdämpfer aus Metall/Gummi-Platten, PKW-großen Stahlfedern und elefantenfuß-dicken, gebogenen Bleirohren verbunden. Damit kann das Gebäude mit seinem Rahmen bei einem Erdbeben unabhängig von den Stoßwellen über der Betonplatte schweben. Es wird zugesichert, dass selbst bei schwersten Beben das Gebäude erdbebensicher sei. Wer diese Einrichtung einmal gesehen hat, bei dem werden so schnelle keine Ängste vor einem Erdbeben aufkommen. Sicherlich hatte der Ingenieur gerade untersucht, wie sich die Stoßdämpfer bei einem Beben dieser Stärke bewährt haben und ob sie nicht verrutscht sind.

In der Empfangshalle sprachen wir noch etwas abschätzig über die Tsunamiwarnung unseres Mitbewohners, warum sich die Leute solche Sorgen machten. Dabei lächelten wir uns unwissend zu. Um die nicht vorhersehbare Wartezeit nutzbringend auszufüllen, gingen wir zunächst in ein nahe gelegenes Restaurant und aßen erst einmal zu Abend. Bei jedem kleinen Nachbeben verstummten dort die Gespräche. Jeder schaute zu den schwingenden Lampen auf, die an langen Pendeln von der Decke hingen. Sobald sich die Pendel beruhigt hatten, ging die Unterhaltung weiter. Noch konnte niemand ahnen, was eigentlich genau passiert war.

Endlich um 18:00 nach zweieinhalb Stunden konnten wir wieder in unsere Wohnung hochfahren, immer noch hatten wir das Gefühl leichter Kreislaufstörungen. Es war dann doch etwas unheimlich, nach so einem schweren Beben wieder mit dem Aufzug zu fahren. Aber die anderen Mitbewohner fuhren auch ohne zu Zögern mit den Aufzügen. Nein, hier gab es niemanden, der hektisch oder panisch reagierte. Es war sehr beruhigend, dass alle gelassen und ruhig geblieben waren. Nur die Damen unterhielten sich. Verlegen lächelnd, hinter vorgehaltener Hand hieß es dann, dass dieses Beben doch ziemlich schrecklich gewesen sei. Das war ihre ganze Reaktion.

Wieder in der Wohnung angekommen sahen wir zum ersten Mal die Nachrichten im TV mit der akuten Tsunami-Warnung von der Pazifikküste im Norden Japans bis herunter nach Okinawa. Die gesamte japanische Pazifikküste war von einem Tsunami bedroht. Am TV konnten wir mit verfolgen, wie ein über 10 m hoher Killer-Tsunami ganze Dörfer in kürzester Zeit verwüstete. Die Wassermassen schwemmten alles mit sich, selbst große Schiffe, ganze Häuser, Autos und Container, denn die Welle türmte sich an einigen Stellen weit über 20 Meter hoch auf.

Nach der ersten Tsunami-Warnung blieb den betroffenen Menschen nur eine Zeit von etwa neun Minuten, rettende, höher gelegene Orte zu erreichen.

Unsere vorhin noch lächerlich geäußerte Unwissenheit wich jetzt Schrecken. Wer sich in diesen neun Minuten nicht in Sicherheit bringen konnte, kam in dem reißenden Wasser-, Holz-, Häuser, Auto- und Containergemisch um. Also sagten wir uns: Keine Diskussion mehr, wenn es in Zukunft solche Warnungen gibt, dann werden wir sie ohne Zögern befolgen. Sekunden können über Leben und Tod entscheiden, also nicht noch eben ein Foto machen oder wichtige Unterlagen suchen. Raus und den Anweisungen folgen. Früher hätte mein deutscher Steinkopf so eine Anweisung zunächst einmal angezweifelt. Etwas ohne mein Zutun einfach nur zu akzeptieren, unmöglich. Aber in solchen Situationen wissen die durch vielfache Katastrophenübungen geschulten Japaner besser als jeder andere, was sofort zu tun ist. Uns war das eben noch durch Unwissenheit hervorgerufene Lächeln vergangen.

Im TV wurde informiert, dass alle Züge von Osaka bis hoch in den Norden nach Hokkaido gestoppt worden sind und auch über Nacht nicht fahren werden. Es wurde bereits von den ersten Toten berichtet und dass erste Hafenanlagen brennen würden. Noch konnten wir uns kein richtiges Gesamtbild machen. Die Fernsehbilder glichen eher einem Horrorfilm, als dass sie uns die Wirklichkeit zeigten. Diese konnten wir nicht als Realität aufnehmen. Die Stärke des Bebens wurde mit 8,8 nach der Richterskala gemeldet, später dann auf 9,0 berichtigt. Nach der japanischen Skala sind das 6,0. Ein unglaublich hoher Wert.

Es ist bereits dunkel geworden. Vor uns, in der Yokohama Bay sind Schiffe der Küstenwache und der Polizei mit ihren rotierenden Rotlichtern im Einsatz. Die Lage sieht von unserer Warte im 25. Stockwerk ziemlich gespenstisch aus. Und immer wieder kleinere Nachbeben, die uns auf dem Stahl-Betonrahmen des Gebäudes schweben lassen. Unsere Kreislaufstörungen hörten an diesem Abend nicht auf.

Über das Festnetz waren die Schwiegereltern endlich zu erreichen. Da die Handys ausgefallen waren, gab es eine fast dreistündige Phase, in der keine Kommunikation möglich war, in der wir nicht wissen konnten, wie haben sie das Erdbeben überstanden. Selbst in dieser Zeit kam bei uns keine Hektik auf. Es ist eben so. Also warten wir, bis sich wieder eine Möglichkeit für ein erstes Telefonat ergibt. *Shoganai.* Wir können nichts anderes machen, als die Situation in Ruhe zu akzeptieren und auf eine bessere Gelegenheit zum Anruf zu warten, als Ruhe zu bewahren und nach vorne zu schauen.

Der Schwiegervater ging an diesem Tag nicht in seine Klinik, er war zu Hause. Es dauerte ziemlich lange, bis sich jemand am anderen Ende der Leitung meldete. Auch hier kein Drama, einfach warten bis jemand abhebt. Die beiden sehr fitten Leute beschrieben dann ihr Erlebnis so:

„Als das Erdbeben anfing, schwankte das ganze Haus. Wir beide sind unter den Küchentisch gekrabbelt und haben uns an den Tischbeinen festgehalten. Überall das überlaute Geräusch von sich reibendem und knirschendem Holz. Solche Geräusche haben wir noch niemals gehört. Es war schrecklich. In unserem Schlafzimmer ist der Hausaltar auf den Boden gefallen. Glücklicherweise ist nur das Wasser der Blumenvase ausgelaufen. Ansonsten ist ein Glaskasten mit einer japanischen Puppe umgefallen, das Glas ist zersprungen und hat sich überall im Raum verteilt."

Das war ihre knappe Schilderung, sie waren O.K., mehr Worte mussten darüber nicht gemacht werden. Also zuerst einmal Entwarnung für uns und die Eltern.

Noch an diesem Abend gab es viele E-Mails und Telefonate aus Deutschland. *„Ihr Lieben, was habt ihr von dem Erdbeben mitbekommen. Ich hoffe, euch geht es gut!!!! Fahre jetzt zum Friseur und bin gegen 11:30 wieder zurück. Bis dann."* Das war meine Schwester. Was sollte sie auch sonst schreiben? Das Leben in Deutschland geht sowieso weiter, außerdem war das gesamte Ausmaß der Katastrophe noch nicht bekannt. *„Seid ihr beiden o.k.? Meldet euch",* liebe Freunde aus der Schweiz, die dann aufgeregt noch bei uns anriefen, weil sie nicht umgehend unsere Antwort bekamen.

Meine Nichte aus Frankreich: *„Dein Bruder schickte mir eure Entwarnung, ppfffuuuuhhh!!! Glück gehabt, hoffentlich bleibt euch und eurer Familie das Glück erhalten. Bleibt gesund."*

Freunde, die uns vor 4 Jahren hier besucht hatten: *"Wir hören von dem Erdbeben bei euch und sind natürlich sehr besorgt. Wir drücken euch fest die Daumen und hoffen, dass es euch gut geht, wo immer ihr auch sein mögt. Ganz liebe Grüße aus dem anderen Teil der Welt, dem Schwarzen Wald mit Frühlingsgefühlen."*

Freunde aus Düsseldorf: *„Bitte gebt uns bald ein Lebenszeichen. Wir hoffen ganz fest, dass euch beiden nichts passiert ist. Wir wissen ja nicht, ob ihr eventuell beide in Japan oder hoffentlich doch hier in Deutschland seid, oder nur deine Frau in Japan ist. Die Bilder, die man im Internet sehen kann, sind apokalyptisch, ein Albtraum. Meldet euch bitte bald mit hoffentlich guten Nachrichten!"*

Eine alte Freundin, die wir viele Jahre nicht gesehen haben und die uns noch viele E-Mails schreiben wird: *„Seit heute früh, 7.00 Uhr haben wir mit Entsetzen verfolgt, was in Japan passiert ist. Ich hoffe sehr, dass ihr in Yokohama nicht betroffen seid und dass du und alle, die dir lieb sind und dir nahestehen wohlauf sind – und dass dies auch so bleibt. Ich hoffe sehr, dass es euch gut geht."*

Eine Freundin aus München an meine Frau: *„Du kannst dir sicherlich vorstellen, wie erschüttert ich war, als ich von dem großen*

Erdbeben erfahren habe, dass dein Land heute erschüttert hat. Meine tiefe Anteilnahme zum Tod der vielen unschuldigen Menschen, die ihr Leben verloren haben. Seit Rückkehr vom Büro sitze ich vor dem Fernseher und bin so erschüttert, was ich gesehen habe, dass mir die Worte fehlen. Ich hoffe nur, dass du, Frank, deine Freunde und deine Familie nicht betroffen sind. Ich habe vorhin bei Frank zu Hause angerufen, evtl. ist er ja bei dir. Alles Liebe und in tiefer Trauer."
So kamen noch an diesem Abend, über Nacht und am nächsten Morgen die E-Mails und SMS aus USA, Taiwan und Europa hier an.

Noch unter dem Eindruck der Ereignisse und zur Beruhigung unserer besorgten Familie und Freunde schrieb ich einen ersten Bericht an diejenigen, die sich bei uns telefonisch, per Skype oder Telefon gemeldet hatten. Immer wieder gab es Nachbeben, die vermeintlichen Kreislaufstörungen begleiteten mich bei der Arbeit am Laptop.

Kapitel 3

Die ersten 10 Tage nach dem großen Beben
Tag eins nach dem Beben 12.3.2011

Wir haben die Nacht von Freitag auf Samstag sehr unruhig geschlafen, immer wieder unterbrochen von zum Teil heftigen Nachbeben und mit den Gedanken an die Menschen im Katastrophengebiet. Sind heute bei strahlendem Sonnenschein aufgestanden und sehen über eine fast spiegelglatte Yokohama Bay. Auf dem Wasser spiegelt sich die Sonne, ein vielleicht trügerisches Bild, das zum Spaziergang am Wasser auffordert. Bei diesem Sonnenschein haben wir dann die kleineren Schäden an den Hafenpromenaden besichtigt, sie sind eigentlich vernachlässigbar, trotzdem wurde der Park am Hafen bei uns gesperrt. Überall diese roten Gummihütchen, die vor Verwerfungen im Boden warnen.

Die „Japan Times", meine morgendliche Lektüre in Englisch, berichtet auf der ersten Seite von einem Killer-Beben, das noch viel stärker gewesen sei als das verheerende Kanto-Erdbeben 1923, bei dem mehr als 140.000 Menschen ums Leben gekommen sind. Dieses Erdbeben ist jedem in Japan immer noch geläufig, es hat unter anderem dazu geführt, dass eine Stadt wie Yokohama modernisiert werden konnte und auf dem Schutt der zerstörten Häuser der Hafenpark direkt am Wasser angelegt werden konnte. Menschen können sehr schnell vergessen, dieser Yamashita Park ist ein gutes Beispiel dafür. Das ist auch ein Zeichen für den Optimismus, der in Japan herrscht. Genieße Deine Zeit, verschwende sie nicht mit unnötigen Sorgen.

In der ersten Ausgabe der Zeitung wird von etwa 20 Toten und unzähligen Verletzten gesprochen, der Tsunami wird auf 10 m Höhe geschätzt. Es wird berichtet, dass der Flughafen von Sendai von Schlammmassen überschwemmt worden ist. Die Regierung bekam wohl erste Hilfsangebote aus dem Ausland, diese wurden aber zunächst abgelehnt. Das heißt, es gab keinen richtigen Überblick über die genaue Lage. Städte und Dörfer mit ihren Verwaltungen sind weggeschwemmt worden, von solchen Orten konnte keine Information über den Zustand mehr gegeben werden. Es gab einfach keine ausgebildeten Informanten mehr. Die Situation wurde erst im Laufe des Tages deutlich. Alle TV Programme sendeten rund um die Uhr, Das Erdbeben bekam seinen Namen – das *„Tohoku-Kanto-Erdbeben"* mit dem Killer-Tsunami.

Die Informationen verdichteten sich sehr bald auf einen möglichen Atom-Unfall im Atomkraftwerk Fukushima Daiichi und der Hoffnung und Erwartung, dass die Spezialisten von Tepco, Tokyo Electric Power, die durch den Tsunami verursachten Schäden in den Griff bekommen müssen. Welch eine Illusion zu diesem Zeitpunkt, als Tepco Mitarbeiter noch versuchten das Kraftwerk zu retten.

Es gibt keine neueren, erhellenden Informationen. Im TV treten immer weitere Spezialisten, Professoren, Firmensprecher und Moderatoren auf. Sie wiederholen mit ruhigen Stimmen, technisch, emotionslos immer wieder die gleichen Informationen. Sobald spezifische Fragen nach der Gefahr für uns alle im Raum Tokyo / Yokohama gestellt wurden, kam immer wieder die gleiche Antwort darauf: *„Da wir keine Information aus dem Kraftwerk vorliegen haben, können wir dazu auch keinen Stellungnahme abgeben. Wir müssen das erst prüfen."* Für Spekulationen über eine Verschlechterung der Situation ließen diese Spezialisten keinen Raum.

Wohltuend, es gibt auf keinem der vielen TV Sender die zwischendurch eingestreuten Werbeeinstrahlungen. Ausgenommen sind moralische Werbefilme, die zeigen, wie Jugendliche alten Leuten helfen, eine Treppe hochzugehen, Schwangeren in der Bahn einen Platz anzubieten oder wie ein Vater seine Kinder an die Hand nimmt – darin soll wohl zur Stärkung der Hilfsbereitschaft und der Zusammengehörigkeit aufgerufen werden. Auch wenn diese Filme nach vielfacher Ausstrahlung mein Interesse schon überstrapaziert hatten, es war erleichternd, dass keine normale, schreiende Werbung geschaltet wurde. Selbst am Abend lief keiner der vorbereiteten Programme. Der Fokus lag nur auf der Katastrophe.

Über Nacht von Freitag auf Samstag hatten wohl Tausende gestrandeter Menschen auf dem Bahnhof von Yokohama übernachtet. Aus der Messehalle Pacifico gerade gegenüber von uns, kommen in der Frühe viele büromäßig gekleidete Männer und Frauen, die dort über Nacht auf dem Betonboden verbracht haben müssen. Sie wurden mit Getränken und kleinen Mahlzeiten versorgt.

Meckern tut übrigens dort niemand!

Das Großkaufhaus SOGO in Yokohama schloss wegen der Gefahr durch weitere Nachbeben am Vortag bereits um 16:00. Da noch etwa 500 Kunden im Kaufhaus zurück geblieben waren, die nicht wussten wohin sie an diesem Abend gehen sollten – Bahnen fuhren nicht mehr – wurden sie von der Leitung des Kaufhauses in die Kantine eingeladen und mit dem Essen der Stände aus der Lebensmittelabteilung versorgt. Es wurde an diesem Abend sogar neuer Reis gekocht, um neue Onigiris – Reisbällchen - für diese Kunden herstellen zu können. Welch ein Service!

Es wird berichtet, dass ein Erdbeben dieser Stärke mit einem so todesbringenden, zerstörerischen Tsunami, das gleichzeitig mehrere Präfekturen im gesamten Nord-Osten Japans erfasst und verwüstet hat nur vergleichbar ist mit einem ähnlichen Ereignis um 869, also vor etwa 1150 Jahren. Erfahrungen lagen für mehr lokal abgrenzbare starke Beben vor. Beben wie das *„Kanto-Erdbeben“* in Tokyo/ Yokohama 1923 mit etwa 140.000 Opfern oder das *„Hanshin Erdbeben“* in Kobe 1995 mit fast 6.000 Opfern. Die unermessliche Ausdehnung dieses Erdbebens mit einem Tsunami dieses Ausmaßes war deshalb nicht vorstellbar.

Heute bebt die Erde sogar auch im Landesinneren. Bei Nagano, bekannt durch die Winterolympiade 1998, in den Bergen in der Mitte der Hauptinsel Honshu mit der Stärke 4,2. Der Gedanke kommt auf, dass das ganze Land auf einem unbeherrschbaren Streifen von Erdbeben sitzt und damit alle Menschen in Japan gefährdet sind. Ruhe bewahren. Dadurch kommen Ängste bei uns nicht auf.

Das Ausmaß des Erdbebens und des Tsunami wird jetzt erst richtig deutlich. Die Erdbebensicherungen unsers 30 stöckigen Gebäudes, Baujahr 2004, haben gehalten. Sie haben das ganze Haus ruhig wie auf einem Ponton schweben lassen. In unserer Wohnung auf dem 25. Stock sind nicht einmal die kleinen Zinnfiguren auf dem TV Schirm heruntergefallen. Die Sicherung hat erwartungsgemäß richtig gearbeitet. Allerdings gab es doch kleinere Schäden am Haus. Irgendwo muss der Grundrahmen, auf dem sich das ganze Haus bewegt, an das den Rahmen umgebende Erdreich anstoßen. Um das Gebäude herum gibt es wie bei jeder Brücke einen Ausdehnungsspalt, und genau an diesen Schnittstellen war ganz deutlich zu sehen, wo die Hausplatte an diese feste Umgebung angestoßen war. Bei einem kleinen Nachbeben konnte ich sogar die Bewegung des Hausrahmens an den Ausdehnungsspalten mitverfolgen. Mit einem Fuß stand ich auf festem Boden, mit dem anderen Fuß auf der leicht schwingenden Hausplatte. Es hätte ein spaßiges Gefühl sein können, doch das war kein Spiel mehr, das war bitterer Ernst, der in jeder Sekunde hätte eskalieren können.

Als wir an diesem Morgen unsere E-Mail Postfächer öffneten, waren wir sehr von der weltweiten Sorge unserer Freunde um uns und Japan berührt. Ganz besonders beeindruckt hat uns das besonnene, ruhige Verhalten der Japaner, die zu Hunderttausenden nach Büroschluss gestrandet waren, über Nacht nicht nach Hause fahren konnten oder mit ihren feinen Büroschuhen kilometerweit nach Hause gelaufen sind. So auch einer unserer Hausmeister. Er musste gestern Nacht fünf Stunden nach Haus laufen. Ich hätte ihm sehr gerne mein Fahrrad geliehen, wenn ich seine Nöte rechtzeitig erfahren hätte. Er wäre aber niemals auf die Idee gekommen einen Bewohner zu bitten ihm ein Fahrrad auszuleihen.

Unsere Bewunderung gilt aber ganz bestimmt denen, die in den vom Erdbeben und dem Tsunami betroffenen Gebieten evakuiert werden mussten, die alles verloren haben – teilweise ihre Liebsten, all ihren Besitz, ihre Träume auf ein ruhiges Leben, ihre Zukunft und ihr Vertrauen in ihre Sicherheit. Der Tsunami hat ihre Dörfer und Städte weggewaschen, vollkommen zerstört.

Überall im Nord-Osten Japans – hauptsächlich an der Pazifikseite inklusive des Raums Tokyo besteht weiterhin Tsunami Alarm der höchsten Alarmstufe. Die Japankarte mit den lila umränderten Teilen der Pazifikküste, an der die Tsunami-Warnung weiterhin akut ist, bleibt ständig

auf dem Bildschirm rechts eingeblendet. Und die Erde bebt immer wieder mit Stärken von 4 – 5. Das Gefühl kommt auf, Du kannst nichts machen. Also Ruhe bewahren, abwarten, bis sich die Erde wieder beruhigt.

Die Reaktoren im Atomkraftwerk in Fukushima Daiichi – etwa 220 km nördlich von Tokyo – erhitzen sich in diesem Moment auf über 100°. Es kommt am Samstag, dem 12. März sogar zu einer Explosion, bei der sechs Mitarbeiter verletzt werden. Menschen im Umkreis des Kraftwerks von zunächst 3 km, danach sogar von 10 km müssen evakuiert werden. Erst viel später soll diese Zone noch auf 20 und 30 km erweitert werden. Noch gibt es dazu aber keine Veranlassung. Im japanischen TV werden auf allen Kanälen apokalyptische Bilder gesendet. Hinzu kommt, dass es im Norden auch noch beginnt zu schneien. Eine Mischung, geschaffen für eine Weltuntergangs-Stimmung. Es macht einerseits mitfühlend und traurig diese Bilder anzusehen, aber auch faszinierend dies am TV aus „sicherer“ Entfernung mit verfolgen zu können.

Ich könnte noch viele schreckliche Bilder ausmalen, aber das hat, wie ich im Internet sehen konnte, die internationale Presse schon übernommen. Die Anzahl der Toten und Vermissten wird vom *„Chief Cabinet Secretary“*, Mr. Edano auf ca. 1.600 hochgesetzt. Er wird ab jetzt in seiner blauen Arbeitsuniform ständiger offizieller Sprecher der Regierung sein und über alles, was während und an den Tagen passiert, informieren. Es wird sogar schon spekuliert, dass sich die Erdachse durch diese Katastrophe um etwa 10 cm verschoben habe. Na ja, was heißt das, zu viele, hätte, wenn und aber, was es auch auf Japanisch gibt. Da heißt es dann *taraleba*. Wir können mit solchen Spekulationen nichts anfangen. Wir bleiben ruhig und beobachten die Nachrichten, die als Momentaufnahmen hereinkommen. Mein Kopf fühlt sich immer noch geschwollen an, das kommt bestimmt von den vielen Bildern, die erst einmal dort aufgenommen, gespeichert, verarbeitet und abgelegt werden müssen. Ich sehe zwar keinen Rauch, aber es fühlt sich so an.

Zu dieser Zeit war der Bruder meiner Frau aus San Francisco glücklicherweise bei den Eltern zu Besuch. Er wollte eigentlich schon morgen, Sonntag den 13. März nach San Francisco zurück fliegen, wird aber jetzt bei den Eltern bleiben, um für den Fall der Fälle für sie da zu sein. Wir sind ihm dankbar, dass er das tut. Beide Eltern sind zwar sehr fit, aber eben 88 und 87 Jahre alt. Für uns ist es heute am Tag eins nach dem großen Beben schwer, zu ihnen mit dem Auto zu fahren. Die Straßen sind verstopft, und Japan Rail lässt erst langsam wieder einige Linien anfahren. Alles ist immer noch ungewiss, das Ausmaß der Schäden nicht abzusehen. Wir bekommen die schrecklichen Bilder über das TV geliefert, ohne genau zu wissen, an welchen Orten das Unfassbare aufgenommen wurde.

Unsere für Morgen geplante Reise nach Osaka und Kyoto haben wir abgesagt. Hier in diesem Haus fühlen wir uns zum einen vor weiteren Nachbeben sicher, außerdem möchten wir nicht im „*sicheren*" Kansai Tempel und Freunde besuchen, wo hier nur 200 – 300 km entfernt ums Überleben gekämpft wird. Wir fühlen uns mit diesen Menschen verbunden und drücken das auf unsere Weise so aus.

Mit dieser Katastrophe wurde mir wieder einmal bewusst gemacht, dass nichts auf dieser Welt von Beständigkeit ist, sich alles im stetigen Wandel befindet oder von einem auf den anderen Moment zu Ende sein kann. Wir fühlen mit diesem Unglück deutlich, dass die Menschen, wie an einem Faden aufgezogen, alle miteinander in irgendeiner Art verbunden sind – auch unsere Freunde überall auf der Welt, die sich rührend um uns sorgen. Um dieses als Tatsache wirklich tief ins Bewusstsein einzulagern und auch zu akzeptieren, braucht es wohl erst eine Katastrophe mit diesem Ausmaß.

Die Übersetzung von „*Shoganai* „ ist „*da kann man nichts machen*". Die wahre Bedeutung ist allerdings „*akzeptiere und schau nach vorn.*" Das Zauberwort der Japaner konnte ich mit all meinen Sinnen nachvollziehen. In dem Augenblick, als ich mich mit dem Fahrrad auf der Straße halten musste, habe ich es selbst erlebt - alles kann sofort zu Ende sein – also akzeptiere alles, was kommt , bewahre Ruhe, hab Vertrauen in dich selbst und handle dann. Gut, dass ich mich über 30 Jahre in Techniken üben konnte, die mir das Annehmen solcher Situationen erleichtet. Jetzt wurde ich zum Miterlebenden, nicht nur zum entfernten Beobachter.

Den ganzen Tag hingen wir nur am TV, die Bilder, die wir zu sehen bekamen, waren unwirklich, nicht zu fassen. Mein Kopf wurde immer schwerer, es passte eigentlich nichts mehr in ihn hinein, fühlte sich wie von innen geschwollen an. Ich konnte keine weiteren dieser mehr als schrecklichen Bilder aufnehmen. Aber das TV bleib angeschaltet, wir durften ja auch keine Nachricht verpassen. Es gab auch andere Bilder, die so absurd es in einer solchen Situation klingen mag, uns glücklich stimmen konnten.

So wurde eine alte Dame inmitten von diesem unbeschreiblichen Tsunamischutt ganz alleine dastehend gezeigt. Sie war von der Situation völlig überfordert, bis sie ein Feuerwehrmann ansprach und sie beschützend in seinen Arm nahm. Ein zweiter Feuerwehrmann mit gelbem Schal und silbernem Schutzmantel kam dazu. Er legte der alten Frau zunächst seinen gelben Schal um, dann zog er seinen schweren Schutzmantel aus und legte ihn der alten Frau um ihre schmalen Schultern. Dieses Bild sagt mehr als tausend Worte über diese eigentlich immer noch ganz intakte menschliche Gesellschaft Japans. Auch wenn Japaner keine Christen sind, Barmherzigkeit ist nicht an eine Lehre gebunden. Das war für uns das schönste Gefühl an diesem Tag. Die Mantelteilung an St. Martin auf Japanisch.

Tag 2 nach dem Beben 13.3.2011

Auch diese Nacht haben wir nicht besonders gut geschlafen. Nach wie vor wecken uns Nachbeben immer wieder auf. Zuerst das *zzzt..zzz.. zzzt..* des Handys mit der Vorwarnung und schon Sekunden später das Schaukeln des Gebäudes. Die erhöhte Tsunamigefahr wurde zunächst einmal eine Stufe weiter herabgestuft. Japan ist vollkommen ruhig und still. Ich habe das Gefühl, dass das Leben mehrere Stufen heruntergefahren wurde. Es gilt Strom zu sparen. Als erste Maßnahme wird Tokyo Disney Land für 10 Tage geschlossen, sicherlich auch, um die Schäden dort zu beheben. Die Schließung dieser erfolgreichen Einrichtung gilt als Zeichensetzung.

Unsere Freunde sind in regem E-Mail Austausch mit uns, das erfrischt unsere Herzen und Köpfe. Das, was wir im TV sehen und insbesondere wie sich die japanische Bevölkerung weiterhin so gelassen verhält, ist immer wieder so herzergreifend und nur sehr schwer zu ertragen. Eine liebe Freundin schrieb, dass jede Erfahrung unser Bewusstsein verändert, dass eine solche Naturgewalt dies gewiss auf eine substantielle Weise tut. Ja, in dieser Phase konnten wir ihre Gedanken sehr deutlich nachvollziehen. Wir waren uns plötzlich unserer Stärke, unserer Ruhe und Gelassenheit, ohne ein weiteres Wort darüber zu verlieren, bewusst geworden.

Zur Aufheiterung schicken uns Freunde aus Düsseldorf ein Foto von fünf verkleideten Pinguinen. Ein Gruß vom sonnigen

Sonntag im Karneval auf der Königs-Allee. Was für eine paradiesische Welt. Eine Welt der Unbeschwertheit, der Unversehrtheit. Für uns eine willkommene Ablenkung. Genauso wie die Fotos eines Freundes, der uns aus dem Wintersport Fotos von seinen Kindern in der Skischule schickt.

Es gingen aber auch Emails aus Deutschland ein. „*Du brauchst sicherlich keine guten Ratschläge – aber, pack alles zusammen was Dir lieb und teuer ist und verlass Japan....*". Dann mit der Betreffzeile „*Kernschmelze!!!   Ich will Euch mit meinen Mails nicht auf die Nerven gehen. Hier hören wir, dass die „ Informationspolitik in Japan derzeit abstrus" sei, wisst Ihr, dass mehrere Experten und Wissenschaftler sicher sind, dass nach dieser Explosion in Fukushima eine Kernschmelze stattgefunden hat und eine nukleare Katastrophe, die größer sein wird als Tschernobyl, bevorsteht, oder schon da ist . Weiterhin wird in den nächsten 2 Tagen ein weiteres sehr schweres Erdbeben erwartet, das Epizentrum soll dann südlicher liegen*".

Ganz bestimmt sehr lieb gemeint, aber sollen wir uns von der deutschen Sichtweise anstecken lassen? Jeder dieser gut gemeinten Ratschläge könnte auch eine gewisse Beeinflussung hinterlassen. Haben die etwa doch mehr Informationen als wir? Hält die japanische Regierung doch etwas zurück? Wir waren uns in solchen Momenten aber auch bewusst, dass wir diese möglichen Anhaftungen erst gar nicht an uns heranlassen wollten.

Es sollten noch viele dieser lieben Aufforderungen bei uns eingehen. Immer wieder wurde unser fester Standpunkt auf eine weitere Probe gestellt. Aber wir wollten uns nicht aus unserer Ruhe bringen lassen.

Auf meine Antwort: *„Erst mal Fakten sammeln, dann analysieren, dann reagieren. Nicht erst schreien und Angst haben. Ich habe Vertrauen in mich und die Japaner. Ja, ja und in 100 Jahren gibt es ein weiteres Beben. Keep cool. Aber vielleicht lernst Du das nur in Asien",*

bekam ich eine Antwort, die mich erstaunte:

„Du hast mir wirklich ein Lächeln ins Gesicht gezaubert. Wir haben hier ntv oder N 24 fast 24 Stunden am Stück laufen, es macht einfach Angst, ich weiß, Du hast bestimmt auch Internet und beste Informationsquellen .... Du hast recht und ich beneide Dich um Deine Gelassenheit und Ruhe, eine Eigenschaft, die auch hier in den Medien hervorgehoben wird und die eine gewisse Faszination auslöst. Hier erzeugen die Nachrichten Angst und Schrecken".

Doch dann im Nachsatz doch noch:

„Eine nukleare Katastrophe ist sicherlich auch zu beheben, es dauert allerdings ca. 30.000 Jahre".

Ja. Es ist im Gegensatz dazu wirklich bewundernswert all die Bilder zu sehen mit welcher Ruhe Japaner ihr Schicksal ertragen oder einfach erdulden. Ich kann es sehr gut nachvollziehen. Es ist ihr Wissen darum, dass nichts auf dieser

Welt von Bestand ist, und dass nur alles in einer Gemeinschaft zu ertragen ist. Das was wir heute sehen, dieses Annehmen ohne zu klagen, ist das Volkswissen aus der Übertragung von Generation zu Generation. „*Shoganai*“, Ruhe bewahren, akzeptieren und mit Selbstvertrauen Nach vorne schauen.

Ich bin sehr froh, dass ich zurzeit bei meiner Frau und ihrer Familie in Japan bin. Von Düsseldorf aus könnte ich sicherlich nichts für sie tun, wenn ich sie hier im Ungewissen wüsste.

Bei uns ist glücklicherweise alles O.K. Wir hoffen, dass es so bleiben wird. Der heutige Sonnenaufgang am Tag 2 nach dem großen Beben über der spiegelglatten Bay war hoffentlich keine Illusion, sondern die Ruhe und der Frieden bleiben uns so erhalten. Ab heute Mittag soll jetzt die Stromversorgung für ein paar Stunden eingestellt werden. Das ist unser kleiner, von uns leicht zu akzeptierender Beitrag für die gemeinsamen Anstrengungen, die Katastrophe erst einmal in Griff zu bekommen und danach das Land wieder aufzubauen.

Der in letzter Zeit sehr umstrittene und häufig zum Rücktritt aufgeforderte Ministerpräsident Kan spricht im TV von den größten Wiederaufbau-Maßnahmen nach dem verlorenen Krieg 1945. Ich wünsche den Japanern dabei sehr viel Glück und die gebündelte Weisheit aller Beteiligten.

Die zu erwartende Anzahl von menschlichen Opfern wird zum ersten Mal auf über 10.000 geschätzt.

Unsere Nerven sind sensibler geworden, haben sich auf *„Erwartung“* eingestellt. Auf was können wir nicht sagen. Das Bewegen der Gardinen, das den nächsten Erdstoß ankündigt, vielleicht eine besondere Nachricht? Wir können es nicht klar beschreiben. Es ist das Gefühl, gleich wird etwas Schlimmes passieren. Klar, bei den unbeschreiblichen Bildern und jetzt der Mitteilung, dass Radioaktivität im Fukushima Daiichi Kraftwerk ausgetreten ist. Tepco Mitarbeiter kühlen weiter mit Meerwasser. Wie soll ich mir das vorstellen? Ein Atomkraftwerk ist doch ein komplexes, hochtechnologisches, vielfach abgesichertes Gebilde. Jetzt kann einfach mit Meerwasser gemischt mit Borsäure gekühlt werden?

Unglaublich, was im Großraum Tokyo mit den mehr als 40 Mio. Einwohnern heute vor sich geht: Züge fahren nur sehr reduziert. Tankstellen verkaufen das Benzin noch teurer, Autos stehen immer weiter stundenlang in einer Warteschlange. Kaufhäuser und sonstige große Läden haben entweder geschlossen oder schließen 2 Stunden früher als normalerweise. Um 18:00 statt um 20:00. Die Straßen sind leer. Wir sehen kaum Lieferwagen. Japan ist vom Unglück geschockt und steht dazu noch unter dem Eindruck des Stromsparens. Deshalb fahren die Bahnen nur reduziert. Jeder ist aufgefordert, Strom nicht unnötig zu verbrauchen.

Heute sollte in unserem Gebiet *Minato Mirai* der Strom von 14:00 - 19:00 oder von 14:00 -17:00 abgestellt werden. Doch Tepco hatte soeben festgestellt, dass die freiwilligen Maßnahmen in unserem Gebiet ausreichen und hat deshalb zunächst für heute die Stromsperre für uns ausgesetzt. In anderen Stadtteilen geht es planmäßig weiter. Im TV wird laufend darüber informiert, wo und wann der Strom abgestellt wird. Später wurde wieder gemeldet, dass evtl. doch bei uns der Strom von 17:00 bis 19:00 abgestellt wird. Es wird danach keine Möglichkeit geben zu telefonieren bzw. zu skypen oder zu emailen. Die Lage wird ad hoc bei Tepco entschieden, daher die Unsicherheit. Stromsperre - ja oder nein. Wir sehen daraus die unübersichtliche Entscheidungslage bei Tepco. So ist das eben, sollen wir uns jetzt aufregen oder Tepco gar beschuldigen?

Im Supermarkt leere Regale: Toilettenpapier, Milch, Säfte und Eier sowie verschiedene Gemüsesorten sind ausverkauft. Leere Regale gibt es eigentlich in Japan gar nicht. Aber in diesen Zeiten wird es erstmalig wahr. In der Obstabteilung finden wir in einer Kiste, die sonst von Obst überquillt, ein Schild: *„Entschuldigen Sie bitte, aber wir sind ausverkauft."*

Die langen Autoschlangen vor den Tankstellen werden von zusätzlich eingestelltem Personal dirigiert. Die Fahrer

werden angeleitet, wie sie sich am Straßenrand aufstellen sollen, bis sie an der Reihe sind. Es werden dann nur maximal 10 Liter Normalbenzin pro Auto, Super Benzin aber unbeschränkt verkauft. Mein Schwager berichtete mir, dass er eineinhalb Stunden in einer Warteschleife rings um einen Gebäudeblock gewartet hätte.

In einem Elektroladen, ähnlich wie ein Saturn- oder Media-Markt, wurden die Käufer nur einzeln eingelassen. Die TV-Abteilung ist stillgelegt worden. Jeder Interessent wird zu dem Regal für die Ware, die ihn interessiert, geführt. Sicherheitsgründe für den Fall, dass es zu einem weiteren großen Beben kommen sollte und natürlich, um Strom zu sparen. Unwirklich. Ist das nicht ein wenig übertrieben? Bestimmt. Wir können es aber auch so verstehen, dass der Laden die Verantwortung für seine Kunden ernst nimmt. Es darf nichts passieren, was durch solche Vorsichtsmaßnahmen ausgeschlossen werden kann.

Wir bekamen die Meldung unserer Hausverwaltung, dass die Wartungsarbeiten an den Bädern dieses Hauses verschoben werden müssen. Die Arbeiter könnten nicht rechtzeitig erscheinen.

Es ist sehr leer auf den Straßen Yokohamas. Ein Kellner in einem italienischen Restaurant sagte mit einem entschuldigenden Lächeln zu uns: *„Ich bin solange da, wie die Espressomaschine noch läuft und wir noch Kaffee haben."* Ansonsten, bemerken wir weiter keine Unruhe, keine Hektik. Die Menschen verhalten sich wie gewohnt. Geordnet, ruhig, freundlich.

Der Friseur meiner Frau ruft an, um sich zu erkundigen, wie es geht, ob sie Hilfe bräuchte. Er könnte jeder Zeit junge Leute schicken, die helfen könnten. Er warnt davor rauszugehen, wenn es regnet. Eigentlich wollte er uns vor einem möglichen radioaktiven Niederschlag warnen.

Im TV diskutieren Experten den ganzen Tag über die Explosion des 3. Reaktorgebäudes vom Fukushima Daiichi. Noch soll keine Radioaktivität im *„großen Stil"* ausgetreten sein. Die Informationen beruhen immer wieder auf Statistiken, auf Uhrzeiten, Mengenangaben und sonstigen nur verwirrenden Zahlen, Daten und Eventualitäten. Es geht nichts richtig voran. Wir lernen was ein Mikrosievert und ein Millisievert ist. Durch die tausendfachen Wiederholungen werden wir schon abgestumpft. Erstmalig höre ich von diesen Werten. Auf Japanisch hört sich das an wie *„microschiebel"*. Erst der englischsprachigen Zeitung entnehme ich, über welche Werte sich die Spezialisten da den ganzen Tag ruhig, als ob es keine Gefahr gäbe, unterhalten. *„Micro- und minischiebel"* werden bei uns zu Unworten erklärt. Wir können es schon nicht mehr hören, wir können kaum etwas damit anfangen, auch wenn es erste Vergleichszahlen zur Strahlenbelastung eines CT-Scan oder einer Röntgenaufnahme gibt.

Ich kenne das, wir Deutsche zielen auf Ergebnisse ab. Japaner bevorzugen Einzelheiten, die sie selbst zu ihren eigenen Ergebnissen zusammenführen. Nachdem ich das solange bei unseren Geschäften mit Japanern erlebt habe, kann ich diese

Informationspolitik zwar verstehen, aber .... Auch hier wieder ist Geduld gefragt.

Spezialisten für Erdplatten-Verschiebungen erklären mit trockenem, wissenschaftlichem Gesichtsausdruck, wie sich die philippinische Platte unter die amerikanische Platte und die eurasische Platte geschoben hat, auf der Japan lagert. Von all den Informationen schwirrt der Kopf, ob ich das nun richtig verstanden habe. Es ist auch egal. Zu viele Details.

Und dann noch die Information, dass das Erdbeben sowohl in Sendai als auch gleichzeitig in Fukushima auf einer Breite von fast 500 km mit einer Stärke 9,0 aufgetreten sei. Bis zum 19. März wird weiter vor ähnlich starken Nachbeben gewarnt. Sofort entsteht wieder das Gefühl, Kreislaufstörungen zu haben. Oder hatte gerade das Haus wieder gewackelt? Hat sich die Gardine wieder verschoben

Die Experten beruhigen dann, denn die Möglichkeit eines schweren Bebens läge bei 70% ab morgen. Montag nur noch bei 50%, dann ab 19. März bei etwa 10%. Egal wie viel %, wir glauben, dass uns nichts weiter passiert. Es ist schon ein merkwürdiges Gefühl, wenn wir von Zeit zu Zeit bei einem der kleineren Nachbeben auf unserem Ponton leicht

schweben und sich die Vorhänge immer wieder ganz ordentlich verschieben. Da über das Handy bei jedem Beben zeitgleich gewarnt wird und jede dieser Warnungen von einem lauten Alarm Ton zzzt… zzzt… zzzt.. begleitet wird, gewöhnen wir uns langsam an diese Situation. In Gedanken sind wir beim 19. März, dann besteht nur noch ein Restrisiko von 10%. Auch 10% können ausreichen, es wirkt aber beruhigend.

Wir haben 2 Rucksäcke mit Evakuierungsutensilien gepackt an der Türe stehen. Inhalt sind 2 leichte Fleecedecken, ein Survival-Gerät, das Radio, Lampe, Sirene, manuelles Handy-Auflade Gerät, Solar- und Trockenbatterie beinhaltet. Dazu Pantoffeln, Zahnbürsten, Seife, Handschuhe sowie Schreibpapier , Kugelschreiber und sonstig Nützliches. Einer der Rucksäcke war immer schon für alle Eventualitäten gepackt. Er lag griffbereit im Dielenschrank, ein gepacktes Survival Kit gehört in jedem Haushalt zum japanischen Alltag. Wir haben nur keine Helme gekauft, weil wir niemals an das Schlimmste denken. Aber jetzt haben wir weitere drei Mineralwasserflaschen mit eingepackt. Mein Pass, Bank-Unterlagen, Geld etc. liegen griffbereit am Ausgang über dem Schuhschrank. Wir sind ziemlich sicher, dass wir es nicht benötigen.

Ruhe und Geduld und Gelassenheit haben wir. Angst kommt bei uns nicht auf. Die sollten auch unsere Freunde, die sich so um uns sorgen, nicht haben. Wir vertrauen in uns und unsere richtigen Entscheidungen bei einem möglichen Ernstfall.

Tag 3 nach dem Beben 14.3.2011

Ministerpräsident Kan hält eine Ansprache, in der er das japanische Volk zur gemeinsamen Anstrengung aufruft, die Krise zu überkommen und weiterhin zusammenzuhalten. Er sieht verdammt müde aus, ob er in den letzten Tagen überhaupt einmal geschlafen hat? Ich frage mich auch, warum sich in Japan immer noch jemand findet, der so einen Job antreten möchte. Ein MP steht nur unter Beschuss der Opposition und anderer Fraktionen seiner eigenen Partei, er weiß außerdem, dass seine Amtszeit wie die Amtszeiten seiner Vorgänger ein Jahr nicht überdauern wird. Wie will die drittgrößte Industrienation unter solchen Vorzeichen zu einer langfristigen Strategie kommen und sich gegen seine fast übermächtigen, wirtschaftlichen Wettbewerber China und Korea behaupten? Und jetzt dieses Desaster. Schon rufen Stimmen aus dem Hintergrund, wir brauchen zu diesem Zeitpunkt deutliches „Leadership". Wenn MP Kan zu diesem Zeitpunkt solche Qualitäten nachweisen würde, könnte er als der große Retter in der Not gefeiert werden, kann er das?

Ach ja, Leadership, das ist in Japan auch so eine Sache. In einem Land, in dem eigentlich für uns sehr kompliziert nach Mehrheitsströmungen entschieden wird und es auf Vertrauen und menschliche Verbindungen ankommt. Ich hoffe nur, dass es Kan und sein Krisenstab schafft, zunächst die Informationsquellen zu koordinieren, Ordnung in die Versorgung von 450.000 evakuierten Menschen zu bringen, die Kernschmelze im Fukushima Daiichi zu verhindern, die Vermissten zu bergen und zu identifizieren und den Wiederaufbau danach zu organisieren. Hier wird ein Herkules benötigt.

Ob allerdings MP Kan und das Tepco Management diesen Herkules darstellen kann, wage ich zu bezweifeln. Alles ist zu sehr verfilzt, wer würde es wagen zu widersprechen, wo fachkundige Berater vom Staat oder Tepco bezahlt werden und damit abhängig geworden sind. Wo sich ausländische Firmen, wenn sie denn helfen wollten, erst einmal in diesem Dschungel zu Recht finden müssten. Ob sie dann auch wirklich helfen dürfen? Wo bleibt das in Japan so viel gepriesene *shuchi,* die Zusammenlegung aller Weisheiten und Erfahrungen, um gemeinsam zum Ziel zu gelangen? Leider drängt sich immer wieder die Frage des Deutschen auf: *warum schmoren die so lange im eigenen Saft?*

Und wieder geht ein Reaktor im Kraftwerk hoch, diesmal ist es der Reaktor 2, der bisher eigentlich nicht im Fokus stand. Mich interessiert eigentlich nur, ob Radioaktivität austreten wird, die für uns hier in Yokohama gefährlich sein könnte. Aber die Männer von Tepco im Kraftwerk können sich keinen richtigen Überblick verschaffen. Tappen sie etwa im Dunklen? Ja, tatsächlich, sie tappen beim Schein von Taschenlampen nicht nur im Dunklen, sondern auch noch durch die Trümmer der Reaktorgebäude.

Deshalb bleibt die Info-Lage schwierig. Auch weil sich die Mitarbeiter von Tepco immer weiter schwammig ausdrücken und immer wieder nur Zahlen bekannt geben, die uns aber keinen direkten Gesamteindruck wiedergeben. Das soll ab heute Morgen, dem 14.März, am 3.Tag nach dem Unglück endlich geändert werden.

Wirtschaftsminister Kaeida wird zusammen mit dem Präsidenten von Tepco verantwortlich für die Task Force gemacht, die kurzfristige Entscheidungen trifft und genauere Information an die Regierung und Bevölkerung herausgibt. Interessant ist, dass später berichtet wird, dass sich der Präsident von Tepco ab 16. März krank meldet und deshalb der Vize die Information übernehmen musste. Es kamen für den an Bluthochdruck leidenden Vorstandsvorsitzenden einfach zu viele Dinge zusammen.

Beruhigend, es soll am dritten Tag nach der Katastrophe noch keine weitere *„besorgniserregende"* Radioaktivität ausgetreten sein, die die Menschen *„unmittelbar"* beeinträchtigen könnte. Unmittelbar, frage ich mich, was heißt denn das für die Menschen und in welchem Gebiet? Die 10 km Evakuierungszone um das Atomkraftwerk Fukushima Daiichi wird auf 20 km erweitert, ohne dass es genau begründet wird warum!

Wir beschließen, ruhig zu bleiben. Ein Freund aus Kyoto ruft an und lädt uns ein, bei ihm vor weiteren Erdbeben sicher zu wohnen, bis sich die Lage hier im Kanto-Gebiet geklärt hätte. Wir haben gar keine Absicht, von hier wegzugehen. Warum sollten wir auch, solange es keine schlechteren Nachrichten gibt.

Wenn wir allen Aufforderungen unserer Freunde in Deutschland und Japan nachgekommen wären, hätten wir zu dem Zeitpunkt unsere innere Ruhe schon aufgegeben und unsere stabile Balance verloren. Eigentlich gut gemeinte *„Aufforderungen"* hätten uns auch in eine Zwickmühle bringen können, sollen wir, sollen wir nicht. Wir schreiben weiter beruhigende Mails und fordern unsere Freunde zur Ruhe auf.

An diesem Tag wollen wir keine weiteren Nachrichten sehen. Endlich schlafen wir eine Nacht tief und fest durch. Nach 3 Tagen werden Horrorbilder schon zum Objekt. Das Gefühl des Mitleidens ist dabei etwas in den Hintergrund getreten. Wie mag das dann unseren Freunden in Deutschland erst ergehen.

Tag 4 nach dem Beben 15.3.2011

Die größte Sorge machen jetzt die Reaktoren 1, 2 und 3 von Fukushima Daiichi Über Nacht wurde weiterhin versucht, Meerwasser direkt auf die Reaktoren zu sprühen und die Wasserbecken mit Wasser aufzufüllen. Die teilweise völlig frei liegenden Brennstäbe müssen dringend gekühlt werden, um den Super Gau einer Kernschmelze zu verhindern. Dabei wurde festgestellt, dass im Reaktor 2 das Wasser nicht ansteigen konnte, weil es an anderer Stelle ein Leck gibt, an dem es wieder abfloss. Erste Werte erhöhter Radioaktivität werden in Tokyo gemessen und gemeldet. Der Gouverneur von Tokyo, eigentlich der mächtigste Mann Japans, beruhigt die Menschen und behauptet, Tokyo sei sicher.

Wer glaubt ihm? Bestimmt nicht die vielen Ausländer in Tokyo, die als Erste die Stadt in Richtung Kansai / Osaka verlassen oder ausfliegen nach Hongkong und andere sichere Orte. Einige deutsche Botschaftsangehörige lassen sich bereits in Osaka nieder. Es wird berichtet, dass einige deutsche Firmen die Kinder und Ehefrauen des deutschen Managements in „*Sicherheit*" gebracht haben. Der Run von Ausländern auf Hotelräume in Osaka setzt ein, von dort aus wollen sie ihre Geschäfte weiter betreiben. Ich nehme das zur Kenntnis, lasse mich aber von der „*Massenflucht*" nicht weiter beeinflussen. Mir erscheint die Gefahr für mich in Yokohama sehr gering zu sein. Außerdem habe ich hier feste familiäre Bindungen, warum sollte ich mich in eine „*vermeintliche*" Sicherheit bringen.

Ich fühle mich sicher, alle weiteren Informationen sollen mich nicht weiter belasten. An eine Ausreise nach Deutschland denke ich gar nicht. Mein Flug ist fest für Anfang April gebucht, sonst gibt es kein weiteres Nachdenken. Meine in Emails nach Deutschland geäußerten Gedanken in diese Richtung werden als *„sehr japanisch"* bezeichnet. Ich dachte dabei, ja stimmt, ruhig, gelassen, unaufgeregt. Wenn es so gemeint ist, dann ja!

Das ist auch meine Antwort auf die Frage eines Freundes aus Deutschland: *„ Könnt ihr nicht einfach heim kommen?"* Die Frage beantwortet er selbst indem er sich die Frage stellt: *„Wo ist euer Heim?"*

In Fukushima wird weiter versucht, die Reaktoren unter Kontrolle zu bekommen. Rauch steigt auf, die Experten rätseln wieder, ein Kommentator übersetzt deren Informationen in verständliche Sprache. *„Ich fasse noch einmal zusammen, Sie meinen das so und so."* Der Kommentator in seiner ruhigen Art: *„Ja, das ist richtig."* Aus der Behandlung dieses Unglücks lerne ich aber auch etwas sehr Wichtiges. *Unaufgeregtheit* ist das Schlagwort. Das könnten wir in Deutschland sehr gut gebrauchen. Keine vorgefasste, durch was auch immer gefärbte Meinung. Ruhiger Meinungsaustausch, Fakten, Szenarien, Analysen, und Ergebnisse. Es wird länger dauern bis es zu einer Entscheidung kommt, aber mir scheint es letztendlich die richtige Antwort auf die verworrene Lage zu sein. Ob wir in Deutschland je dazu in der Lage sein werden?

Im Gegensatz zu uns Deutschen nehmen die Menschen in Japan zunächst alles so hin, wie es ist, sie haben zurzeit noch andere Sorgen. Trotzdem, sie schauen auch schon wieder nach vorne.

Dadurch dass nicht genügend Strom bereitgestellt werden kann, wurde gestern die Bevölkerung im Osten Japans aufgefordert, weiterhin Strom zu sparen und alles abzuschalten, was nicht unbedingt notwendig ist. Das hat zunächst gewirkt. Der Strombedarf hat durch die Mithilfe der Bürger deutlich abgenommen. Allerdings insbesondere dadurch, dass die Schnellzüge gestern im Großraum Tokyo nur zwischen 20% und 70% der normalen Frequenz eingesetzt wurden. Ein ungeheures Chaos. Die Menschen laufen teilweise bis zu 4 Stunden, um vom Büro nach Hause zu kommen.

Vor den Bahnhöfen stehen wohl organisiert Menschenreihen. Zu Tausenden warten sie geduldig darauf, dass sie bis zur Plattform vorgehen können, um dann einen der wenigen, total überfüllten Züge zu erreichen. Busse sind im Einsatz, aber hier wird das Benzin knapp. Taxis sind überfordert, wer nicht mit Gas fährt, dem beginnt auch hier das Benzin knapp zu werden. Die Schlangen vor den wenigen Tankstellen, die noch Benzin anbieten, werden immer länger. Lieferwagen und LKWs der verzweigten und bis ins Kleinste verästelten japanischen Logistik, sonst

Hauptbild dieser Straßen, fehlen jetzt fast ganz in den beiden letzen Tagen! Weil es neue Auflagen gibt, die hohe Investitionen in neue, sicherere Tankanlagen erfordern, haben viele ältere Tankstellen das Geschäft eingestellt. Die Investitionen rechneten sich nicht für sie. Ein Grund dafür, dass sich die Warteschlangen auf die wenigen verbleibenden Tankstellen konzentrieren. Zum Glück fahren wir ein Hybridauto und wären mit dem vollen Tank noch weit über 1000 km fahrfähig.

In den Krisengebieten kommt es nach dem ersten Schock zu neuen Anforderungen an die Rettungsmannschaften. Etwa 450.000 Menschen sollen evakuiert worden sein und leben verteilt auf einzelne Städte in Turnhallen, Schulen und sonstigen Einrichtungen. War die medizinische Betreuung zunächst auf die Versorgung von Wunden und Brüchen abgestellt, müssen jetzt auch Kreislaufbeschwerden und psychische Symptome behandelt werden.

Diese bis vor ein paar Tagen vollkommen unabhängigen, lebenslustigen Menschen wollen niemandem zur Last fallen, sie spielen sich auch nicht auf und fordern - auch so eine angenehme japanische Art. Sie sind sehr ruhig, hocken auf dem Boden oder sitzen auf Stühlen. Sie wollen wegen der hygienischen Umstände nur wenn unbedingt nötig auf die Toiletten gehen, deshalb trinken sie nichts. Daher kommt es zu den beschriebenen Kreislaufschwierigkeiten. Diese Leute werden deshalb jetzt aufgefordert, sich zu bewegen und zu trinken.

In der Eile bei der Flucht vor dem Tsunami haben viele ihre Tabletten nicht mitnehmen können, sie fehlen ihnen jetzt. Bluthochdruck, bisher mit Tabletten stabilisiert, schlägt jetzt mit dem Stress, den diese Leute erleiden müssen natürlich wieder durch. Mit den weggewaschenen Krankenhäusern und Arztpraxen sind auch die Patientenkarten verloren gegangen, somit gibt es keine Information mehr über Krankheitsverläufe. Die noch intakten Krankenhäuser sind überbelegt. Outside Patienten werden wie in einem Kriegslazarett behandelt. Meistens fehlt es an Medikamenten, an Betten, an Decken und sogar an Essen und Trinkwasser!

Da es in den betroffenen Präfekturen Miyagi, Ibaraki, Fukushima und Iwate über Nacht kalt geworden ist, fehlen insbesondere wärmende Decken, Heizöfen und Kerosin - es gibt keinen Strom, es müsste auf althergebrachte Art mit Kerosin-Öfen geheizt werden. Vieles fehlt, aber die Menschen ertragen das mit einer herzergreifenden Geduld. Es gibt Bilder zu sehen, die uns sofort die Tränen in die Augen treiben. Uns fehlen sogar manchmal die Worte, uns gegenseitig diese Bilder zu erklären. Vor so viel menschlicher Größe, unter diesen miserabelsten Umständen die Ruhe zu bewahren, nicht zu fordern, sondern im Vertrauen auf Hilfe zu warten, Hochachtung – auch dafür habe ich kein anderes Wort. Sprachlosigkeit.

Eine menschliche Lehre, die uns schon in wenigen Tagen weiter geprägt hat. Das bleibt nicht ohne ganz tiefe Emotionen beim sicheren Betrachter der Bilder aus dem 25. Stockwerk, der gerne Lampen ausstellt und sonstige Stromfresser nicht verwendet, um mitzuhelfen Strom zu sparen. Der sich damit abfindet, dass in der Garage und auf der Etage das Licht auf Nachtschaltung gedreht wird und der auf einen von drei Aufzügen verzichtet. Angesichts der Bilder ist das nichts.

Die 450.000 Evakuierten haben gar nichts mehr. Teilweise sogar nicht einmal mehr ihre Familienangehörigen. Sie haben in guten Umständen in blühenden Dörfern und Städten gewohnt, die wir noch selbst vor einiger Zeit besucht und wegen ihrer schönen Lage bewundert haben. Jetzt suchen Angehörige verzweifelt nach ihren Familien, ihren Freunden und ihren Mitarbeitern oder suchen in dem Gewirr, das der Tsunami hinterlassen hat, nach Erinnerungen in dem, was einmal ihr Haus gewesen ist.

Da läuft ein Mann mit seinem Fahrrad herum, auf dem er auf weißem Papier um Information bittet, wer seine Frau gesehen haben könnte. Er zeigt Fotos aus guten alten Zeiten und zieht nach dem Gespräch mit dem Reporter mit seinem Rad weiter zur nächsten Evakuierungs-Station, wo er eventuell Hinweise auf den Verbleib seiner Frau bekommen könnte.

Wir sehen den 64jährigen Unternehmer Yasuhiko Konno, der miterlebt hat, wie seine über mehrere Generationen

aufgebaute Sake-Brauerei vom Tsunami zerstört wurde und untergegangen ist. Der Mann spricht bei aller Not – er hat nichts mehr - vom Neuanfang, vom Wiederaufbau. Er sucht nach seinen Mitarbeitern und weint ungehemmt vor der Kamera, wenn er einen von ihnen – auch ohne alles, nur bekleidet mit dem, was er vor dem Erdbeben auch schon getragen hatte, wiederfindet. Er spricht mit ihnen von Wiederaufbau, Neuanfang, Fortsetzung seiner Tradition. Bei wem rufen solche Bilder keine Emotionen ab. Wir haben dabei so manche Tränen der Rührung vergossen. Herrn Konno habe ich übrigens später in der Japan Times wiedergefunden. Das sind die Menschen, die mit ihren 64 Jahren Japan wieder voranbringen werden. Da bin ich mir ganz sicher, denn ich habe viele solche Menschen in all den Jahren, die ich in Japan bin, kennenlernen und von ihrer mentalen Stärke lernen dürfen?

In den betroffenen Gebieten sieht es aus wie nach dem Krieg, Holz, Autos, Schutt, Stofffetzen, Stahlträger, Schiffe und zerstörte Häuser, alles durcheinander – die Bilder werden sicherlich alle auch im deutschen TV gesehen haben. Was ist aus diesen blühenden Landschaften geworden?

Ich war im Oktober noch im A-Bomben Museum in Hiroshima. Die Bilder, die ich heute nach dem Erdbeben und dem Tsunami sehe, erinnern mich stark daran, wie Hiroshima nach dem Atombombenabwurf ausgesehen haben muss. So sieht es hier teilweise auch aus. Nur noch Gerippe von Stahlträgern, die einmal ein Haus gewesen waren, in dem gearbeitet, gelacht, gekämpft und gelebt wurde. Teilweise äußerlich fast unzerstörte Betonhäuser und dazwischen alles andere weggewischt. Nur noch die Reste von Grundmauern, das ist es, was blieb.

Ich sehe die Demut dieser Menschen, die alles verloren haben und nur das nackte Leben gerettet haben im TV vor mir. Wie können Menschen nur so großartig sein und schon wieder vom Neuaufbau sprechen? In Deutschland werden zur gleichen Zeit Menschenketten von *„Wutbürgern"* gebildet, die Angst haben um das, was sie eventuell einmal verlieren könnten – obwohl es dazu in Deutschland überhaupt keine Anzeichen gibt. Sie wissen noch nicht, dass im Leben alles vergänglich ist. Sie hängen sich an das Vergängliche und haben Angst, selbst das einmal verlieren zu können.

Dagegen steht die jahrhundertelange Erfahrung der Japaner. Sie halten nichts mehr fest. Sie akzeptieren die Tatsache und versuchen, nach vorne zu sehen. *Shoganai*! Ja, gäbe es denn einen Ausweg? Dazu erhielt ich die Email eines Freundes, der mir schreibt, dass auch er beobachtet hätte, dass diese *„Wutbürger"* die Vergänglichkeit des Lebens aus den Augen verloren hätten. Solche Emails berühren, wenn das Herz dafür bereit und offen ist.

Zurzeit werden noch über 15.000 Menschen vermisst, Etwa 2.000 sind bereits tot geborgen worden, die Zahl steigt täglich, Überlebende werden nicht mehr gefunden. Etwa 75.000 Häuser sind von dem Tsunami weggewaschen worden mit allem Mobiliar, den menschlichen Schätzen, den Erinnerungen und den Träumen ihrer Bewohner. Alle menschlichen Illusionen wurden in diesem einem Moment zerstört.

Das ist auch eine Lehre. Japaner haben das alte Volkswissen und akzeptieren, dass die Welt eine Illusion ist, jederzeit veränderlich. Und sie leben damit. Ein weiterer Grund für ihre Ruhe. Sie müssen das Wissen ihrer Vorfahren in sich gespeichert und mit Schutzübungen verfestigt haben, um es in solchen Momenten abrufen zu können. *Shoganai.* Wir leben allerdings noch in der Illusion, dass alles eine Ewigkeit hält, genauso wie einmal Besprochenes für immer weiter gilt, obwohl sich die Umstände verändert haben!

Der Freund, der uns gefragt hatte, ob wir nicht einfach heimkommen könnten schrieb mir auch: *„Es gibt in Japan eine andere, weisere Lebensart, die wir wohl nicht lernen können, weil wir sie nicht entwickeln mussten.“* Das stimmt. Trotzdem, lassen wir von den Weisheiten anderer etwas lernen um damit unseren kleinen Horizont zu verbreitern.

Es gibt täglich weitere Beben, die uns auch immer wieder in Yokohama erreichen. Aber auch hier sitzen wir auf einem *„hoffentlich“* gesicherten Ponton, auf dem das ganze Haus schwebt ohne weitere Schäden. Es ist nicht angenehm, aber es ist auch nicht bedrohlich. Wir hoffen nur, es bleibt auch weiterhin so ungefährlich für uns.

Tag 5 nach dem Beben 16.3.2011

Heute scheint wieder die Sonne in Yokohama. Es ist wie immer, gleich gehen wir raus zum Nordic Walking wie jeden Morgen. Die Katastrophe ist für uns weit weg, das Leben geht weiter. Wie in einem Krieg. Da drüben wird noch um jeden Zentimeter Erde gekämpft, und nur einen Kilometer weiter wird etwas gefeiert.

Wir bekommen immer noch sehr viele Mails von unseren Freunden, in denen sie uns ihre Sorgen, auch ihr schlechtes Gewissen, dass sie nichts tun können, mitteilen. Wir werden immer noch gefragt: *„warum bleibt ihr noch in Japan, was tut ihr, wenn es zum Supergau kommt, spielt nicht die Helden.*" Ein anderer Freund schreibt: *„Wir sind tief bewegt und voller Mitgefühl. Ich glaube Du wirst Zeitzeuge einer Zeitenwende. Die Bilder in den Medien zeigen ein unvorstellbares Maß der Zerstörung und Bedrohung – kaum begreifbar. In Deinen Berichten wird die menschliche Dimension fassbar.*" Ob er wohl schon geahnt hatte, dass *„Fukushima"* der Einstieg in den Atomausstieg in Deutschland und vielen anderen Ländern der Welt bedeutete?

Was ich in all den Jahren hier gelernt habe, ist in erster Linie Ruhe zu bewahren, alle erreichbaren Fakten ohne voreingenommene Färbung, ohne Ängste und Sorgen zu sammeln, dann für uns zu analysieren und daraufhin unsere Entscheidungen zu treffen. Bis jetzt gibt es gar keinen Anlass den verbleibenden 50 Mitarbeitern oder sind es doch in der Zwischenzeit mehr, im Kernkraftwerk

Fukushima Daiichi nichts zuzutrauen. Sie werden mit Hilfe des Militärs und der Bewässerung der Reaktoren vom Hubschrauber sowie durch Besprühen mit Meerwasser es so hinkriegen, dass sie wenigstens den Status Quo halten können. Also warten wir ab und informieren uns weiter.

Erste Stimmen kommen auf, die nach besserer Information verlangen. Vielleicht auch aufgedreht von den zu vielen, nicht leicht verständlichen Informationen, aus Angst oder anderen Gründen wie den miserablen Zuständen der Flüchtlinge. Es kommt auf jeden Fall ein gewisser Unmut auf. Während sich ausländische Mitarbeiter schon mal um ein Re-Entry Visa bemühen, bleiben die meisten Japaner in ihrer Betrachtung der Dinge aber weiter gelassen und ruhig.

Auch wir. Wir spielen nicht mit dem Feuer, wachsen aber mit den Umständen um uns herum von Tag zu Tag. Ein guter Freund schreibt auf unsere Berichte aus Japan: *„Danke, danke, danke für Eure Schilderung. Wir wünschen Euch von Herzen die Ruhe, von der Ihr sprecht und wir versuchen bewundernd von Euch zu lernen.“*

Gestern bekam meine Frau, wie sicherlich jeder Handy-Besitzer in Japan, eine SMS der Regierung, unterzeichnet von der jungen Ministerin Reihou, mit der Bitte um ihren Beitrag zum Stromsparen. Eine sehr gute Maßnahme, die sofort dazu geführt hat, dass wir auch unsere TVs von Standby auf vollständiges Aus gestellt haben. Jeder Bürger fühlt sich mit einbezogen und möchte mithelfen, die

Situation zu überstehen. Ein schönes Gemeinschaftsgefühl ohne großes Ego des Einzelnen. Im TV wird gezeigt, wie jeder seinen Beitrag leisten kann. Motivation statt Befehl.

Hier im Gebäude wurde eine Information an alle Bewohner ausgegeben und zusätzlich an den Aufzügen ausgehängt. Darin wird Punkt für Punkt erklärt, was passiert, wenn der Strom von Tepco abgestellt wird. Zuerst fahren die Aufzüge nicht mehr, da die Pumpen dann auch nicht mehr laufen, gibt es auch kein Wasser, die Sprinkleranlagen funktionieren nicht , die Autos können nicht mehr aus der Garage geholt werden, weil die Motoren für die Paternoster nicht funktionieren etc. etc.. Es wird im Einzelnen auch davor gewarnt, die PCs angeschlossen zu halten, weil anschließend die Verbindung zum Internet nicht mehr funktionieren könnte. In dem Papier wird aufgefordert, rechtzeitig Wasser für die Toiletten in der Badewanne zu lagern. Eine durch und durch durchdachte Anleitung. Jeder hat den gleichen Wissenstand, nichts wird dem Zufall überlassen. Extra für mich wurde diese Anleitung ins Englische übersetzt und in unseren Briefkasten gelegt. Mein Dank dafür an den Hausmeister wurde mit einem freundlichen Kopfnicken bedacht. Es war für ihn selbstverständlich mir einen solchen Dienst zu erweisen!

Schon gestern wurde auf den Etagen auf die reduzierte Nachtbeleuchtung umgeschaltet, von den 3 Aufzügen wurde einer stillgelegt. Interessant, es funktioniert auch so.

Wir fühlen, dass auch wir in all dem Luxus einen Beitrag leisten. Und am Samstag früh wird die alljährliche Katastrophenübung unserer drei Hochhäuser durchgeführt. Jeder ist aufgefordert mitzumachen und seinen Platz einzunehmen.

Eine herrliche Geschichte zur Aufheiterung für unsere trüben Gedanken: An Bahnhöfen in Tokyo sieht man jeden Tag die Obdachlosen, die dort in ihren Pappkartons leben und in ihnen wie in einem Pappsarg schlafen. Wenn sie in die Kartons kriechen, ziehen sie ihre Schuhe aus und schließen den Deckel, dann stört sie keiner. An das Bild dieser Leute hat man sich gewöhnt. Sie betteln nicht, sie leben nur da. Am Freitag, dem Tag des größten Chaos an den Bahnhöfen, irrten viele sogenannte *„Heimkehr-Nomaden“* in den Bahnhöfen umher und wussten nicht, wo sie schlafen können. Sie werden *„Nomaden“* genannt, weil sie plötzlich heimatlos geworden nicht mehr nach Hause kommen konnten. Da bot einer der Obdachlosen einem dieser *„Nomaden“* seinen Karton zum Schlafen an. Der junge Mann nahm das Angebot tatsächlich an, er war einfach zu übermüdet. Er war von dem Angebot so überrascht, so etwas hatte er nicht erwartet. Vor den Kameras versprach er, ab jetzt seine Einstellung gegenüber diesen Leuten zu ändern. Und der Obdachlose hatte bestimmt auch ein gutes Gefühl, dass er seinen Beitrag leisten konnte.

Eine andere Geschichte in dem Zusammenhang mit den *„Heimkehr-Nomaden"* hörte ich aus China. Dort ging das Bild von den Gestrandeten durch die Presse, die auf der Bahnhofstreppe saßen aus Mangel an sonstigen Sitzgelegenheiten – der Pappkarton war ja schon besetzt. Sie hatten jeweils in der Mitte der zweigeteilten Treppe eine Gasse für Mitreisende, die die Treppe noch benutzen wollten, gelassen. Ein Bild voller Diziplin, das die Chinesen so begeistert hatte, da es ihnen nie in den Sinn gekommen wäre, eine Gasse für andere zu lassen.

Von Fukushima gibt es keine neuen Nachrichten an diesem Morgen. Es wird weiterhin von den Spezialisten und wissenschaftlichen Kommentatoren darauf hingewiesen, dass es sich hier nicht um den gleichen Fall handle wie in Tschernobyl, wo der Reaktor im laufenden Betrieb explodiert sei, auch nicht wie 3-Miles Island. In Fukushima waren oder wurden zum Zeitpunkt des Erdbebens alle Reaktoren abgeschaltet. Mit entsprechender Meerwasserkühlung und dem stetigen Bemühen der Tepco-Mitarbeiter könnte es zu einem guten Ende kommen, auch wenn es länger dauern könnte.

Der Wind hatte gestern Abend in unsere Richtung gedreht, heute Morgen steht er wieder von Nord West auf Süd-Ost, also aufs Meer, weg von uns. Wir können das gut verfolgen, da weit hinten über der Bay von Yokohama ein Schornstein weißen Rauch ausstößt und er heute, wie eigentlich immer, den Rauch von uns wegbläst und in diesem Moment wieder auf uns zu. Alles ist im Fluss. Heftige ablandige Winde sind vorhergesagt und haben heute Mittag schon eingesetzt. Also, warum sollen wir uns auf Momentaufnahmen konzentrieren. Jetzt ist der Wind so und gleich wieder anders. Wie das Leben auch.

Wegen der Befürchtung, dass die in Fukushima austretende Radioaktivität bis nach Tokyo und Yokohama kommen könnte, werden *„microschiebel"* Werte wieder einmal diskutiert. Normal, das müssen Sie wissen, liegen sie bei 0,035 – 0,036. In Tokyo wurden allerdings jetzt höhere Werte von 0,8909 gemessen, die dann vier Stunden später wieder auf 0,075 heruntergegangen sind. Darüber wird im TV stundenlang diskutiert, und die Werte werden immer wieder vorgelesen. Was nutzt uns das? Das bei uns zum Unwort erklärte Wort hat erst dann einen Wert für uns, wenn es tatsächlich Alarm geben sollte. Was hier niemand für möglich hält. Wir lernen auch, dass in Yokohama seit 1983 kontinuierlich Gammastrahlen gemessen werden, die 2010 bei durchschnittlich bei 22 nGy/h und bei max. 44 nGy/h bzw. bei min. 20 nGy/h liegen. Zurzeit wurden Werte von 150 – 104 nGy/h gemessen. Und was heißt das für uns?

Wenn Sie es genau wissen wollen: Wer sich 10 Stunden an einem Ort mit 100 nGy/h aufhalten würde, wird einer Strahlung von 0,0008 mSv (Millisievert) ausgesetzt. Das sind 1/200 der Strahlung eines Fluges von Tokyo nach New York. Mit dem Wissen, also keine Sorge. Die Stadt Yokohama warnt davor, jetzt Jod-Tabletten einzunehmen, es könnte lediglich zu gesundheitlichen Problemen führen. Schwiegervater meinte gestern Abend ganz deutlich: *„Bitte keine Jod-Tabletten einnehmen."* Das heißt auch von seiner Seite: *No Panic*!

Die Aufräumarbeiten in den betroffenen Gebieten sind voll angelaufen. 100.000 Soldaten der japanischen Self Defense Force SDF sind im Einsatz. Aus Deutschland, der Schweiz, den USA, China, Taiwan und aus vielen anderen Ländern sind seit gestern erste Rettungsmannschaften mit Suchhunden im Einsatz. Tatsächlich wurden gestern sogar noch Überlebende gefunden – ein Wunder nach mehr als 3 Tagen. Ein viel größeres Wunder wird die Welt noch überraschen, denn nach 9 Tagen wurden ein 16 Jähriger und seine Großmutter lebend in ihrem zusammengestürzten Haus gefunden.

Im TV verfolgten wir in all dem Chaos einen Mann, wie er einen einzigen Balken aus den Hunderttausenden von Balken zog, um ihn dann auf der Schulter wegzutragen. Gerade dieser Balken hatte wohl für ihn einen, für uns nicht nachvollziehbaren, ganz bestimmten Wert. Solche absurden Bilder gibt es immer wieder. Sie zeigen das Unverständliche in der nicht vorstellbaren Situation.

Bosch, BASF, SAP sollen Leute in Japan abgezogen haben. Das ARD Büro ist nach Osaka umgezogen. Lufthansa fliegt Narita/Tokyo z. Zt. nicht mehr an, sondern fliegt nur von Nagoya und Osaka teilweise über Seoul. Mich betrifft es erst im

April, also muss ich die Entwicklungen weiter beobachten und mit Lufthansa kommunizieren, wenn es denn soweit ist.

Tag 6 nach dem Beben 17.3.2011

Wir erhalten immer noch viele aufmunternde E-Mails, Anrufe und Skype-Mitteilungen unserer Freunde aus Deutschland und anderen europäischen Ländern. Es ist schön zu fühlen, wie viele Freunde mit ihren Herzen bei uns beiden und den Menschen in Japan sind.

Heute Nacht haben wir zum ersten Mal kein Erdbeben gespürt, es ist die erste Nach in den vergangenen Tagen ohne jegliches nächtliche Wackeln. Das ließ uns endlich tief durchschlafen. Die Experten setzten gestern die Möglichkeit eines sehr starken Nachbebens von 70% auf 40% herab. Das ist noch keine Entwarnung, aber vielleicht kommt die am 19. März, also weitere zwei Tage warten. In dieser Zeitspanne können wir noch mit größeren Nachbeben rechnen.

Sogar von dem Ort Japans, wo vier verschiedene Erdplatten im Gebiet des Fuji-sans, westl. von Tokyo /Yokohama, aufeinander treffen, werden neue Beben gemeldet. Daraus könnten wir schließen, dass sich durch das große *Tohoku-Kanto* Beben vom letzten Freitag die Erdplatten insgesamt bewegen und weitere Unruhe stiften. Ich habe damit auch schon die japanische Ausdrucksweise übernommen: *könnten*! Aber was soll das? Wir wollen in Ruhe abwarten, wie sich die Erdbeben weiter entwickeln.

Nachdem wir in den letzten Tagen so viel über die mentale Stärke und die Ruhe der Japaner berichtet haben, sollten wir die immer wieder auftretenden Schwächen dabei nicht verschweigen. Improvisation ist nun mal nicht die Stärke der Japaner. Alles was vorab in Manuals detailliert festgehalten werden konnte wird im Ernstfall abgearbeitet. Das bedeutet, kein oder nur sehr geringer Freiraum für Ad Hoc-Entscheidungen. Aber auch keine Diskussion, was jetzt zu tun ist.

Das Hierarchie-Denken ist immer noch Grundlage im japanischen Zusammenleben. Das gilt natürlich auch für große, verbeamtete Firmen wie Tepco. Ich hoffe deshalb nicht, dass es zu Verzögerungen in der Bekämpfung der Reaktoren *„Phänomene"* gekommen ist. Das wird sich alles herausstellen, wenn die Lage wieder unter voller Kontrolle ist. Ich werde mich an vorzeitigen Spekulationen nicht beteiligen.

Die japanische Regierung bezeichnet die Vorgänge im Fukushima Daiichi bis jetzt als *„Phänomene"*, sie werden auf der internationalen Skala mit Stufe 4 gekennzeichnet. Noch will niemand von einem Unfall sprechen, der mit Stufe 5 bezeichnet werden müsste. Das entspräche dem Reaktorunfall im Three-Mile Island Kraftwerk im Bundesstaat Pennsylvania in den USA im März 1997. Erst ein paar Tage später wird das jetzige *„Phänomen"* hier zum *„Unfall"* erklärt und steigt auf die 5. Stufe der Skala. Solche *„Feinheiten"* machen es nicht nur für uns so schwer, Informationen über die genaue Lage richtig zu interpretieren. Ich hoffe nicht, dass die Einstufung in den kommenden Tagen noch weiter angehoben werden wird. Tatsächlich aber musste erst viel später die Stufe 7 ausgerufen werden, vergleichbar mit der Katastrophe von Tschernobyl.

Ministerpräsident Kan, auch bekannt als *„Ira-Kan" - Short tempered Kan* - soll in den vergangenen Tagen das Top Management von Tepco regelrecht zusammengestaucht haben. So etwas hat es noch nie gegeben. War er zu dieser Zeit etwa besser informiert als wir? Ergebnis ist, dass seit dieser Zeit die Information besser funktioniert, allerdings noch zu wissenschaftlich, zu technisch. Dahinter kann man sich auch ganz gut verstecken. Für den, der Japan kennt, ist das so in Japan.

Eine typische Geschichte wurde jetzt berichtet. Tepco hielt eine Pressekonferenz ab, bei der Journalisten danach Fragen stellen konnten. Dabei wurde nicht darüber informiert, dass gestern ein Militärhubschrauber mit einem gefüllten Wasserbehälter über den Reaktoren von Fukushima 1 - 4 abdrehen musste, weil die austretende Radioaktivität zu hoch gewesen war. Angesprochen auf diese Aktion, konnten die Tepco Mitarbeiter, weil darüber nicht informiert, keine Stellungnahme dazu abgeben! Dann wurden sie noch von Journalisten darauf aufmerksam gemacht, dass sie Dinge anders dargestellt hätten als Generalsekretär Edano, der jeden Tag mehrfach in Pressekonferenzen die neuesten Lageberichte gibt. Das führte zunächst zur Gesichtsblässe der beiden Tepco Mitarbeiter, zu einem kurzen Austausch zwischen den beiden auf dem Podium und dann zum Abbruch der Pressekonferenz. Wir fragten uns dann, warum schickt ein Unternehmen solche uninformierten Mitarbeiter zu einer Pressekonferenz – wo es doch um die Information über die Lösung einer die Welt betreffenden Katastrophe geht? Wenn es sich wirklich so zugetragen haben sollte, wäre das mal wieder typisch japanisch. Kopf in den Sand und abwarten, dass der Feind von alleine verschwindet und sich die Sache dadurch erledigt. Nur keine Peinlichkeit zugeben. So etwas habe ich geschäftlich selbst schon mehrfach erlebt. Aber in so einem heiklen Fall? Hoffe nur, dass auch diese Leute schnell lernfähig werden.

Jetzt kommen auch erste Zweifel in der Bevölkerung auf, ob Tepco und die Regierung wirklich alles berichten. Solche Vorfälle tragen nicht sehr zum Vertrauen in die Informationspolitik bei.

Zu den hundertausenden Flüchtlingen in den provisorisch eingerichteten Lägern kommt der Nachschub nur sehr schwer durch. Es gibt nach wie vor keine ausreichende Kommunikation, weder über Handy, noch Festnetz. Hinzu kommt, dass LKW-Fahrer sich zunehmend weigern, in die 30 km-Schutzzone um Fukushima Daiichi zu fahren. Dadurch fehlt es immer noch am Nötigsten wie an Kerosin für die Heizöfen, an Decken, an Wasser und sogar an Essen, insbesondere an warmem Essen!

Die Kühlung der Reaktoren 1 – 4. ist das Hauptthema. Heute Morgen war es zwar gelungen, mehrmals vom Hubschrauber jeweils 7.5 t Wasser auf die Reaktoren 3 und 4 abzulassen. Es wird auch gemeldet, dass Soldaten der SDF aus Hochdruckrohen Wasser auf die Außenhüllen geben. Ob das ausreicht, kann ich zu dem Zeitpunkt nicht abschätzen, eher habe ich den Eindruck, dass es sich wohl um die letzten verzweifelten Versuche handelt, die Kühlung weiter in Gang zu halten. Parallel wird auch berichtet, dass sich die Temperatur des Wassers in den Behältern wieder einmal den 100°C angenähert hätte und es dadurch wieder zur Verdampfung des Wassers gekommen sei. Es wird dargestellt, dass damit der Kühlwasserspiegel sinkt und Brennstäbe freilegt, die sich dann unkontrolliert weiter erhitzen. Je mehr Wasser desto mehr Dampf, je mehr Dampf desto weniger Kühlwasser - ein ewiger negativer Kreislauf, ein unendlicher Kampf gegen die Katastrophe. Wir wünschen den Männern, die das für die ganze Welt, für Japan und für uns und unsere Familie tun, großes Glück bei diesem Unternehmen und dass sie ihre Gesundheit behalten mögen.

In Fukushima werden die ersten Flüchtlinge auf mögliche Verstrahlungen mit einem Geigerzähler überprüft. In den Zeitungen, auch in der englischsprachigen Japan Times, werden Szenarien für radioaktive Kontamination dargestellt. Es wird über Aussagen von Jacques Repussard, dem Chef des französischen Instituts für radiologischen Schutz und nuklearer Sicherheit IRSN, berichtet. Er weist darauf hin, dass es eine radioaktive Keule über einige Dutzend Kilometer um Fukushima Daiichi herum gäbe. Diese Keule würde sich in den kommenden Tagen auf einige hundert Kilometer ausdehnen, also auch den Großraum Tokyo einnehmen, aber ohne gesundheitliche Beeinträchtigungen für deren Bewohner. Außerdem beschrieb er die Möglichkeit, dass es letztendlich zu einer stark kontaminierten Zone von 60 km kommen könnte. Didier Champion vom IRSN sieht eher lokalere Beeinträchtigungen, als sie damals in Tschernobyl gesehen wurden. Als ich das gelesen habe, war mein erster Gedanke, endlich einmal eine klare Aussage, also bitte keine weitere Hysterie in Deutschland.

Übrigens. Heute ist wieder schönstes Wetter in Yokohama. Die Winde wehen stark und aufs Meer hinaus – was sich aber jeden Moment wieder ändern könnte. Es ist kalt. In den verwüsteten Gebieten ist über Nacht Schnee gefallen, die evakuierten Menschen müssen jetzt auch noch mit diesen widrigen Wetterbedingungen klarkommen. Was nutzt es da, wenn ich meinen Freunden berichte, dass die ersten Kirschblüten in windgeschützten Ecken zu blühen beginnen. In diesem Augenblick steht bestimmt niemandem der Sinn danach Hanami zu feiern, dem japanischsten aller japanischen Freudenfeste. Ob ich in diesem Jahr noch die Japaner sehen kann, wie sie auf einer blauen Plastikdecke mit Freunden und Kollegen unter den fallenden Kirschbaumblättern sitzen und mit Bier, Sake und leichtem Essen feuchtfröhlich den Frühling beginnen?

Immer wieder werde ich gefragt, warum der Ministerpräsident und seine Kabinettskollegen immer in einer blauen Arbeitsuniform auftreten.

In Japan ist das ganz normal. Man trägt auf der Arbeitsstelle, in Fabriken und auch häufig in Büros eine Arbeitsuniform oder eine Jacke. Da es sich bei der Bewältigung des dreifachen Desasters um eine landesweite Aufgabe handelt, will jeder seine Solidarität, sein Mitanpacken und die Gemeinsamkeit der Anstrengungen demonstrieren. Dabei muss er sich nicht als Ministerpräsident gegenüber anderen hervorheben. Eine großartige Gelegenheit, diesen Gemeinsinn durch das Tragen der Arbeitsuniform zu stärken. Es gibt natürlich auch Stimmen, insbesondere von ausländischen Journalisten, die das als Zurschaustellung bezeichnen. Alle Wahrheiten scheinen richtig und falsch zu sein. Ich unterstütze Kan, wenn er die Uniform trägt. Ich würde es ganz genauso machen.

Gestern hat Kaiser Akihito, der in 125. Generation in direkter Familien-Nachfolge der Kaiser Japans steht, erstmalig über das TV zum japanischen Volk gesprochen. Es muss sich demzufolge um eine wirklich große Krise seines Volkes handeln. Es war erst das zweite Mal, dass sich ein japanischer Kaiser öffentlich an sein Volk wendet. Bis zum verlorenen Krieg mit seinem Vater Kaiser Hirohito war das undenkbar. Kaiser Hirohito hatte am 15.August

1945 erstmalig über das Radio direkt zum japanischen Volk gesprochen. Der heutige Kaiser Akihito sprach davon, dass er für die Rettung jedes einzelnen Opfers beten würde und motivierte das Volk weiterhin, Verständnis für einander zu haben und sich gegenseitig zu helfen. Eine ganz ungewöhnliche Ansprache mit seiner Bitte um ein *ishho-ni* – Gemeinsamkeit. Für mich war sein Erscheinen im TV sehr berührend.

Tokyo hat sich in den wenigen Tagen nach der Katastrophe schon verändert. Etwa 25% des Strombedarfs kann jetzt nicht mehr zur Verfügung gestellt werden. Der Strommangel führt dazu, dass es im sonstigen Lichtermeer dunkel geworden ist. Züge fahren nicht mehr im kurzen, auch notwendigen Minuten-Takt. Einige Mitarbeiter können wegen der ungewissen Zugverbindungen nur für wenige Stunden ins Büro kommen, viele Menschen machen sich Gedanken über mögliche tödliche Radioaktivität. Das alles führt nicht zu einer guten Stimmungslage. Ich frage mich, wie man in einem Ernstfall eine Metropole mit 35 Mio. Menschen evakuieren könnte? Wohl gar nicht und wenn es notwendig würde, wohin mit den Menschen? Was wird in der Hitze des japanischen Sommers mit den Millionen Klimaanlagen passieren? Alles Fragen, die wir dann beantwortet bekommen, wenn es soweit ist. Das ist sowieso die Haltung der meisten Menschen in Japan.

Ein guter Freund meines Lions Clubs in Düsseldorf hat zu Spenden für die Betroffenen in Japan aufgerufen. Wir halten das für eine gute Idee. Meine Frau wird den richtigen Adressaten dafür noch herausfinden. Dazu haben wir verschiedene Gedanken diskutiert. Einmal könnte ein Betrag für die Rescue-Leute eingesetzt werden, die häufig nach ihrem Einsatz mit körperlichen Beeinträchtigungen leben müssen und in Vergessenheit geraten. Oder für Kinder, die durch den Tsunami ihre

Familie verloren haben. Es könnte aber auch als Ausdruck der Hoffnung für eine blühende Zukunft eine Spende für das Pflanzen von Kirschbäumen sein, für den Wiederaufbau von Dörfern. Damit würden wir uns ein Beispiel daran nehmen, als nach dem Krieg Millionen Kirschbäume gepflanzt wurden, die zum Anziehungspunkt für die Bevölkerung wurden und an denen sich heute die Menschen erfreuen. Zuerst müssen wir in unserem Lions Club jedoch einen erklecklichen Betrag einsammeln.

Tag 7 nach dem Beben 18.3.2011

Besser könnte das Wetter hier in Yokohama nicht sein. Die Sonne strahlt aus einem blauen Himmel. Es ist zwar kühl, der Wind bläst nicht mehr so stark, die Sonne brennt schon in windstillen Bereichen auf der Haut. Schade, dass wir dieses schöne Wetter nicht nach Tohoku schicken können. Sie müssen neben den Nachbeben und den miserablen Umständen noch weiterhin Schnee, Regen und die Kälte ertragen.

Immer wieder geht seit gestern unser Blick aus der Wohnung hinüber zum Schornstein über der Yokohama Bay. Bläst der Wind in unsere Richtung, oder steigt er in der Windstille hoch? Aha, es wirkt schon, die Beeinflussung von außen, die vielen Infos über den Austritt der Radioaktivität in Fukushima, ganze 250 km von hier. Wir werden uns davon nicht beeinträchtigen lassen, trotzdem immer wieder der Blick hinüber. Nach einiger Zeit hören wir damit auf. Der Wind wechselt ständig, also warum sich aufregen.

Heute Morgen hängte ich, wie jeden Morgen, die Bettwäsche auf den Balkon in die Sonne. „*Müssen wir das tun*?“ fragte mich meine Frau. Solche Anhaftungen oder Attachments, die uns beeinflussen, sind von uns leicht zu erkennen und dann auch zu kontrollieren, damit sie keinen Besitz von unserem freien Willen ergreifen können. Aber, immer wieder wird unsere Haltung getestet. Es kann schon fast zum Spiel werden, wir wollen uns auf keinen Fall davon beeinflussen lassen. Die Situation ändert sich ständig, wie auch die Windrichtung.

Heute wäre der geeignetste Tag, länger am Wasser mit unseren Nordic Walking Stöcken zu wandern, aber seit heute Morgen ist es doch etwas anders als sonst.

Soeben lese ich den nachstehenden Email Brief des deutschen Botschafters vom 17. März 2011 an die *„Lieben Deutschen in Japan“* aus Tokyo.

„nachdem ich mich vor drei Tagen an Sie gewandt habe, standen die Mitarbeiter der Botschaft und ich in engem Kontakt mit Ihnen und haben wichtige Hinweise insbesondere über Ihre persönliche Sicherheit erhalten. Hierfür möchte ich mich herzlich bedanken.

Die Lage im Kernkraftwerk Fukushima I hat sich seither leider nicht so entwickelt, wie wir es erhofft hatten. Insbesondere ist bis zum jetzigen Zeitpunkt keine Tendenz zur Stabilisierung erkennbar.

Dies trifft Japan zur gleichen Zeit, in der unser Gastland bereits durch die tragischen Folgen des Erdbebens und der Tsunami vom 11. März 2011 belastet ist. Eine unmittelbare Gesundheitsbedrohung durch radioaktive Strahlung für die Bevölkerung auch außerhalb der gegenwärtigen Sicherheitszone von 30 km Radius um das Kraftwerk ist zwar gegenwärtig nicht zu erkennen. Sie lässt sich aber leider immer weniger ausschließen.

Die Botschaft hat sich daher in enger Abstimmung mit dem Krisenstab des Auswärtigen Amtes in Berlin dazu entschlossen, den Deut-

schen in Ostjapan – d.h. in erster Linie im Großraum Tokyo/Yokohama sowie den Präfekturen Shizuoka, Yamanashi, Nagano, Niigata sowie allen landesteilen östlich davon bis nach Hokkaido – im Interesse ihrer eigenen Sicherheit zu empfehlen, dieses Gebiet vorübergehend in Richtung Westjapan zu verlassen, bis die Störung in dem Kraftwerk Fukushima I beseitigt ist.

Dies wird für viele von Ihnen eine erhebliche Belastung darstellen. Um Ihnen auf dem Weg nach Westjapan so weit wie möglich zu helfen, haben das Generalkonsulat in Osaka-Kobe und die Botschaft Tokyo zwei Beraterteams gebildet, die Ihnen auf dem Bahnhof von Osaka-Kobe (Shin Osaka) und am Flughafen (Kansai Intl. Airport) in Osaka-Kobe mit Rat und Tat zur Seite stehen."

Dann gibt er die Handynummern der Mitarbeiter sowie die Emailadresse des deutschen Konsulats in Osaka bekannt. Weiter schreibt der Botschafter und gibt die Adresse des deutschen Konsulats in Osaka als Anschrift bekannt::

„Die Deutsche Botschaft in Tokio wird ihren gesamten Mitarbeiterstab nach Osaka verlegen.

<u>Dennoch:</u>

Unverändert stehen meine Kolleginnen und Kollegen und ich Ihnen auch weiter mit Auskünften zur Verfügung. Auf der Botschaftswebseite bemühen wir uns, alle Informationen zu den Folgen des Erdbebens, einschließlich der Situation in den betroffenen AKWs darzustellen. Sie finden hier auch die wesentlichen Verkehrshinweise.

Bitte lassen Sie uns eine kurze Nachricht zukommen, wenn Sie Ostjapan verlassen. Damit wir ein Bild von der Lage der Deutschen hie bekommen. Bitte unterrichten Sie uns aber auch, falls Sie Schwierigkeiten beim Transfer nach Westjapan haben sollten. Wir werden ns nach Kräften bemühen, Sie zu unterstützen. Sie erreichen zu diesem Zweck die Deutsche Botschaft unverändert unter dieser Mailadresse sowie unter der Telefonnummer ++81 6 6440 5070. Auch der Krisenstab im Auswärtigen Amt in berlin hilft Ihnen rund um die Uhr unter der Nummer ++40 30 5000 3000 gerne weiter.

Für die kommenden Tage, die gewiss nicht einfach sein werden, wünsche ich Ihnen Mut und Kraft und bin mit herzlichen Grüßen

Ihr Dr. Volker Stanzel"

Weiß er mehr als wir, gibt es doch eine höhere Gefahr, als wir denken?

Also erst mal raus und frischen Wind um die Nase wehen lassen. Denn Bewegung oder Konzentration bringt Ruhe. Wir sprechen beim langen Gang an der Hafenpromenade Yamashita Park über den Brief des Botschafters. Erstmals seit 7 Tagen, als das Erdbeben Japan überrascht hat, sprechen wir über eine mögliche „*Reise nach Kyoto*" nach Westen. Ein Freund in Kyoto hatte uns schon letzten Montag eingeladen, zu ihm zu kommen, was wir dankend abgelehnt hatten. Wir beschießen, bei erhöhter Gefahr unsere Koffer zu packen und mit unserem Hybridauto gen Westen zu fahren. Das ist alles, es gibt darüber keine weitere Diskussion.

Denn gestern Abend hatte uns ein alter Freund aus Tokyo angerufen, ein hochdekorierter und angesehener Wirtschaftsführer, der mit seinen japanischen Freunden aus der Wirtschaft ständig umgeht. Er sagte, ich vertraue darauf, dass alle zusammen den Austritt von weiterer Radioaktivität in den Griff bekommen, keine Angst.

Dann lud er uns für Montag, den Frühlingsfeiertag, nach Tokyo zum Essen ein. Also er hat die besten Informationen aus erster Hand.

Wir machen so weiter wie bisher. Unsere Entscheidung steht sowieso. Was ich damit nur sagen möchte, zu viele Informationen, zu viel Fürsorge, zu viele Berichte über Ausländer, die bereits nach Osaka gezogen sind oder das Land verlassen haben. Wer nicht stark ist und sich kontrollieren kann, den fressen die tausend Ängste und die Beeinflussungen der anderen auf.

Habe mit einem Herrn der deutschen Botschaft, jetzt in Osaka, gesprochen, er hat entgegengenommen, dass ich in Yokohama bleibe und meinte, dass der Brief des Botschafters eine reine Vorsorge sei und ich selbst entscheide, was ich tue. Er sagte auch, dass Yokohama sicher sei. Also war das Fürsorge oder Druck aus dem weit entfernten Krisenstab in Berlin, der zu diesem Brief geführt hat? Da sich Teile der Botschaft schon nach Osaka bewegt haben, glaube ich eher, dass die Herren nur kein Risiko eingehen wollen. Dürfen sie auch nicht, denn sie müssen mir ja weitere Informationen zukommen lassen…

Jeden Tag verlassen mehr Ausländer den Raum Tokyo, entweder zurück nach Hause, oder in Richtung Westen, wo sie dann in Hotels ihre Büros aufschlagen. Das erinnert mich an die Zeit, als Anfang der siebziger Jahre die deutschen Verbindungsleute in Moskau ihre Büros in den bekannten Hotels aufgeschlagen hatten. Diese Zeiten kommen gerade hier wieder, es ist bestimmt nur für kurze Zeit, denn ihre Geschäfte können sie nicht lange aus Osaka betreiben.

Beim Gang mit unseren Nordic Walking Stöcken hatten wir heute ein herrliches Erlebnis. Am Hafen kamen uns zwei ältere Männer auf ihren Fahrrädern entgegen, sie riefen mir zu: *„Wir denken, dass alle Amerikaner bereits evakuiert seien, erstaunlich dich hier zu sehen."* Unsere Information, dass ich Deutscher wäre, nahmen sie auf, aber ich blieb für sie ein Amerikaner. Ausländer sind für diese Leute in allererster Linie Amerikaner. Darüber mussten wir noch eine ganze Weile lachen. Diese naive Unverdorbenheit dieser Menschen. Herrlich, möge sie ihnen noch recht lange erhalten bleiben. Aber es soll auch heißen, ihr Ausländer verlasst Japan, aber wir Japaner, wir bleiben unerschrocken hier.

Dazu passt auch die Geschichte, die wir in einem chinesischen Restaurant ganz bei uns in der Nähe erlebt haben. Es dauerte ziemlich lange, bis wir das Essen serviert bekamen.

Die Nachfrage beim Kellner ergab, dass sich zwei von vier chinesischen Köchen bereits auf den Heimweg nach China gemacht hätten, weil ihnen die Situation in Japan zu unsicher und gefährlich war.

Heute ist ein wichtiger Tag im Fukushima Daiichi. Eine ganze Nation hofft, dass es gelingen wird, eine Notstromleitung zu legen, um dann die Reaktoren und die gebrauchten Brennstäbe weiter kühlen zu können. Schwierig

scheint es für die Mannschaften vor Ort zu sein, verlässliche Informationen über den Zustand der einzelnen Reaktoren zu bekommen. Die drei Reaktoren, die in den Gebäuden ohne Dach und teilweise ohne Wände stehen, konnten mit Hilfe einer Drohne der amerikanischen Armee überprüft werden. Für die gebrauchten Brennstäbe, die weiterhin abgekühlt werden müssen, scheint genügend Wasser im Becken des Reaktors No. 4 zu sein. Wieder eine neue Momentaufnahme ohne tatsächliche Lösung der Probleme für uns. Da das Gebäude von Reaktor No. 2 noch intakt ist, konnte keine Aufnahme gemacht werden, um den Zustand zu prüfen. Also eine Gleichung mit zu vielen Unbekannten. Wir warten in aller Ruhe ab, was sich über den Tag entwickelt.

Das Ergebnis der Wasserabwürfe vom Hubschrauber und der Beschuss mit Wasserkanonen von gestern liegen noch nicht im Detail vor, es scheint aber etwas genutzt zu haben. Also weiter abwarten. So läuft das Leben weiter von Stunde zu Stunde, von Illusion zu Illusion, dass die Probleme schnell gelöst werden können.

Wir werden jetzt mit Experteninformationen aus Deutschland gefüttert, die etwas zu der Lage hier sagen können. Ja, alles ist richtig. Wir wollen es aber weiter mit den japanischen Experten halten, die hier im TV ständig ihre Kommentare geben. Wir sind uns sicher, dass sie am besten mit Radioaktivitäts-Messungen und deren Auswertung umgehen können. Kein anderes Land hat seit den beiden Atombombenabwürfen am 6. und 9. August 1945 so viele Daten gesammelt und ausgewertet wie die Spezialisten hier vor Ort. Das sind unsere Quellen, denen wir vertrauen, alles andere sind Umwege, die nur zu Nachrichten führen, die uns weiter beunruhigen.

In einer Zuschrift aus der Schweiz sagte ein Freund, dass Japaner doch führend in der Roboter-Technik seien. Warum können sie diese in einem solchen Fall nicht einsetzen? Diese Frage habe ich hier auch schon gehört, wir wissen längst nicht alles, vielleicht werden solche Roboter bereits eingesetzt. Ich habe darüber keine Information. Erst viel später wird die Hilfe der Amerikaner und Franzosen angenommen werden, die strahlengeschützte Roboter zum Räumen und Anpacken schicken werden.

Andere Freunde bieten an, japanische Kinder aufzunehmen, um ihnen eine schöne Umgebung in Deutschland zu ermöglichen. Wir sind von solchen Angeboten sehr berührt, aber zurzeit sind wir nicht in der Lage, etwas in dieser Richtung zu tun.

Einsparung des Stromverbrauchs ist nach wie vor gefordert, es wird auch davon ausgegangen, dass dies noch eine lange Zeit so sein wird. Dazu muss man wissen, dass es nicht so einfach ist, fehlenden Strom aus dem Westen Japans, z.B. aus Osaka, einfach in den Osten nach Tokyo umzuleiten. Quer durch das Land etwas oberhalb von Nagoya geht eine Trennlinie, die Japan in einen 50 und 60 Hz Spannungsbereich trennt. Im Bereich Tokyo wird mit einer Spannung von 50 Hz, im Westen mit 60 Hz gearbeitet. Die Umwandlung kann nur an drei Umspannwerken vorgenommen werden, der Austausch von Strom ist deshalb sehr begrenzt. Die Begründung für die unterschiedlichen Bereiche liegt darin, dass im Westen amerikanisches und im Osten, von Tokyo bis Hokkaido, deutsches Equipment seit alter Zeit eingesetzt wird. Das wurde bis heute nicht vereinheitlicht.

Die Wirtschaft Japans wird für die kommenden Jahre erneute oder weitere Schwierigkeiten haben. Zurzeit steigt der Yen unaufhörlich gegen den US$, dies soll auf Spekulationen auf einen hohen Bedarf an Yen für den Wiederaufbau zurückzuführen sein, obwohl ausländische Investoren zurzeit ihr Geld aus Japan abziehen. Der hohe Yen erschwert Exporte aus Japan schon seit langer Zeit, jetzt kommt eben alles zusammen. Eventuell müssen die G7 den weiteren Anstieg des Yen durch eine konzertierte Aktion stoppen, dies wird bereits diskutiert und wird sich noch in die Tat umsetzen.

Wieder einmal wegen des fehlenden Stroms kommt die Inlandsproduktion von Autos zu einem Halt. Verschiedene Teile fehlen, die nicht mehr produziert werden können. So geht das jetzt vielen Unternehmen, es kommt zu einem Stillstand im Nord-Osten des bisher gewohnt beschäftigten Japans.

Eine für 2011 geplante Anzahl von 10 Mio. Japanbesuchern aus dem Ausland wird Japan wohl auch in diesem

Jahr nicht erreichen. Im vergangenen Jahr waren es lediglich 8 Mio. Besucher, inklusive unserer Lions Gruppe von 13 Leuten! Heute wird berichtet, dass bereits große Reise- und Übernachtungs-Kontingente aus Süd Korea, Hongkong und China für dieses Jahr abgesagt wurden. Für 2013 wurden 15 Mio. Touristen geplant, ob das Land diese Zahl wird erreichen können, ist bei den Unsicherheiten und dem hohen Yen sehr fraglich. Ein weiterer Ausfall, diesmal für die japanische Tourismusindustrie.

Auch heute Morgen haben wir es wieder erlebt, es ist gespenstisch leer auf den Straßen. Wir hören, dass einige Leute wegen des laufenden Stromausfalls nicht zur Arbeit gehen können oder nach dem Mittagessen schon wieder nach Hause fahren. Das Leben in Tokyo hat sich in den sieben Tagen schon erheblich verändert. Bisher war Tokyo eine hell erleuchtete Metropole, in der das Neon-Licht der Werbetafeln kaum ausging, im 24-Stunden-Getriebe ist es ruhig geworden. Die Lichter sind aus, die Kaufhäuser um 18:00 geschlossen.

Vielleicht entdecken die Japaner jetzt, dass zuvor viel zu viel Energie für Unsinn aufgewendet wurde, und dass sie nicht nur heute, sondern auch in Zukunft noch Strom werden einsparen müssen. Einmal daran gewöhnt, wird sicher so mancher Unsinn reduziert. Ein totaler Umschwung steht bevor. Das sonst hektische Getriebe hat sich schon deutlich verlangsamt und hinterlässt Spuren bei den einzelnen. Ist das die Zeitenwende, von der ein Freund in seiner Email geschrieben hatte und von der wir jetzt Zeuge werden?

In der Japan Times lese ich heute, dass es in Japan etwa 5.5 Mio. Verkaufs-Automaten gibt, die vom Grüntee alle möglichen Getränke gekühlt oder erwärmt sowie andere Produkte des täglichen Lebens anbieten. Eine Erfindung der Japaner, die zur Vereinfachung des Lebens enorm beiträgt, immerhin kommt auf etwa 25 Einwohner ein Getränke-Automat. Es gibt die ersten Warner: *„Stellt die Automaten ab, dann könnt ihr ein ganzes Atomkraftwerk einsparen"*, heißt es. Coca Cola mit fast 1 Mio. solcher *„Vending Machines"* hat bereits reagiert und teilweise die Beleuchtung abgestellt. Ob die Kühlung und Aufwärmung der Getränke auch abgestellt wurde, konnte ich dem Artikel nicht entnehmen. Am kommende Samstag, Sonntag und Montag ist langes Wochenende in Japan. Da gibt es viele Gelegenheiten bereits eine Menge Strom einzusparen.

Das Japan um uns herum ist tatsächlich ruhig geworden. Meinen Schwiegereltern wurde heute bereits zum zweiten Mal für jeweils drei Stunden der Strom abgestellt. Sie frieren in ihrem schönen Haus. Die Umbauarbeiten bei ihnen können nicht weitergehen. Unsere Einladung zu uns in die warme Wohnung zu kommen, wollen sie nicht annehmen. Lieber bleiben sie in ihrem Haus, also werden wir später dort hinfahren und ihnen eine Wärmflasche mitbringen. Was sagte der Schwiegervater heute dazu am Telefon: *„Shoganai, wir haben den Krieg überlebt, dann werden wir wohl auch mal die paar Stunden ohne Heizung auskommen.“*

Wenn wir die beiden später besuchen, werden sie da in dicken Hausmänteln sitzen, aber sehr zufrieden mit sich und uns sein. Dieses gute Gefühl ist es, das sie glücklich macht, nicht der Überfluss, dem wir alle ausgesetzt sind. Aber das zu erkennen, dazu braucht es die bewundernswerte innere Ruhe und eine Katastrophe wie diese hier.

Eine kleine Geschichte, die ich gestern im TV gesehen habe: Ein älterer Mann geht in einen Supermarkt in Tokyo, um sich etwas zum Essen zu kaufen. Er findet nicht das, was er sucht. Diese Regale sind leer. Er nimmt das mit, was noch da ist. Daraufhin angesprochen sagt er nur mit einem leichten Achselzucken: *„Shoganai. Wenn Ihr betrachtet, was die evakuierten Menschen zurzeit erleiden, dann ist das doch hier schon ganz O.K.“* und zeigt, was er in der Tüte hat.

Nur bei solchen Katastrophen kommen wir zum eigentlichen Kern des Menschen zurück. Im Überfluss ist das alles überdeckt, jeder muss noch mehr haben als der andere. Dabei ist es ganz einfach gespeichert zu haben, dass alle Träume, aller Besitz und alles Streben nach Glück von einer Minute auf die andere durch Krankheit und Tod, durch Einfluss von außen und durch solche Naturkatastrophen und politische Umwälzungen, wie sie in den arabischen Ländern gerade stattfinden, weggefegt werden können. Mit dem Wissen werden hier die Umstände akzeptiert. Dazu brauchte ich auch lange, lange Jahre – wo es doch so einfach sein könnte.

Übrigens, der Wind bläst gerade in unsere Richtung! Dafür haben die Erdbeben nachgelassen, das heutige Beben (4.6) in Ibaraki haben wir gar nicht mitbekommen. Ansonsten suchen wir uns aus den Tausenden von Informationen und Vorschlägen der Experten eben das raus, was gut für unsere weitere Stabilität ist. Eine Lehre, die ich ebenfalls während meiner 30 Jahre Japan gezogen habe. Sie heißt: Ruhe.

Hoffe sehr, dass ich morgen, Samstag, den 19.3., schon mitteilen kann, dass die Erdbebengefahr für ein größeres Nachbeben von jetzt 40% auf 10% herabgestuft werden könnte und sich die Notstrominstallation im Fukushima Daiichi ausgezahlt hat. Wir denken an die Menschen, die dort im gefährlichen Einsatz - auch für uns – sind. Wenn wir die Geschichte weiterverfolgen, sehen wir, alle Informationen sind jeweils nur ganz kurze Momentaufnahmen, verbunden mit Hoffnungen und der Illusion auf Besserung. Aber die Realität wird uns schon in der nächsten Minute wieder einholen. Warum dann aufgrund dieser Momentaufnahme Hektik und Panik?

Tag 8 nach dem Beben 19.3.2011

Für viele unserer Freunde sind unsere täglichen Berichte schon zur morgendlichen Lektüre geworden. Das heißt, wir können gar nicht mehr stoppen, unsere Befindlichkeiten jeden Morgen abzuschicken. Es ist aber gleichzeitig auch eine Aufarbeitung all dessen, was wir hier sehen und erst selbst einmal verstehen müssen. Unsere eigenen Berichte helfen uns auch, den Kopf frei zu halten.

In Taiwan wurde gestern in einer viereinhalbstündigen Spezial Japan TV- und Radio-Live-Sendung zu Spenden für die Linderung des Leidens der Flüchtlinge in Japan aufgerufen. Wobei sich selbst der Präsident Ma nicht zu schade war, die gesamte Zeit am Telefon Spenden entgegenzunehmen. Insgesamt kamen dabei mehr als 2 Mrd. Yen - ca. 20 Mio. Euro zusammen. Ein gutes Beispiel dafür, dass sich die Menschen miteinander verbunden fühlen. Und, dass anderen zu helfen auch bedeutet sich selbst zu helfen. Das Ego bekommt keinen Knacks, wie so viele meinen, nein, ganz im Gegenteil. Versuchen Sie es einmal! Die Japaner hat diese Aktion der Taiwanesen sehr bewegt. Als wir die Meldung im TV gesehen haben, haben wir auch dabei ein paar Tränchen verdrückt. Dabei gibt es jede Minute so viele weitere berührende Momente.

In eine Mittelschule wurden Flüchtlinge eingewiesen, die dort unter miserabelsten Umständen hausen müssen. Unter der Leitung eines15 jährigen Mittelschulabsolventen haben die

Schüler die Versorgung mit Essen und Trinken übernommen. Alle Mitschüler packen rührend mit an, bereiten Onigiri, die japanischen Reisbälle, vor und versorgen die Menschen. In einer Szene bestellt der 15 jährige „*Chef*" gerade noch weiter 690 Reisbälle bei seinen Mitschülern und anderen Helfern. Die Nachfrage in dieser Not ist einfach zu groß. Er, der 15 Jährige, zeigt Leadership! Und alle anderen folgen ihm! Selbst ein etwas älterer Junge, dessen Vater immer noch vermisst wird.

Diese Schüler wurden während ihrer Schulzeit im Katastrophenschutz ausgebildet. Anerkennend zeigte der Lehrer sein Erstaunen, wie jeder im Ernstfall über sich hinausgewachsen ist. Die Erwachsenheit, mit der diese Jungen zu Werke gehen, ist mehr als anrührend und erinnert mich an die Abschiedsbriefe der Kamikaze-Flieger am Ende des Krieges. Ihre Briefe waren Briefe von Weisen, nicht von Jugendlichen, die in den Tod flogen. Wenn Sie einmal die Gelegenheit haben, diese Abschiedsbriefe im Museum in Chiran, einer Stadt in der Präfektur Kagoshima auf der südlichen Hauptinsel Kyushu, zu sehen und sich übersetzen zu lassen, dann wird es Ihnen helfen die japanische Seele richtig verstehen zu können.

Die West-Japan Präfektur Organisation erklärt ihre volle Unterstützung für die Unterbringung von Flüchtlingen. Die betroffenen Präfekturen werden nicht in der Lage sein, sowohl die evakuierten Menschen als auch die Aufräumarbeiten gleichzeitig durchführen zu können. Sie bereiten jetzt Aufnahmelager für eine große Anzahl von Flüchtlingen vor, sie erwarten mehr als 20.000 Menschen. So sollen sie unter anderem in einem Messegelände Osakas empfangen werden. Zurzeit wird besprochen, wie der Transport menschenwürdig durchgeführt werden kann.

In einer Volkschule wurden ebenfalls Flüchtlinge aufgenommen. Die Absolventen, um die 12 Jahre alt, haben dafür ihre Schule herausgeputzt, gesäubert und die Flüchtlinge mit auf ihr Abschlussfoto genommen. Das ganze Land wird von solchen Bildern berührt. Man stelle sich das in Deutschland vor.

Heute Morgen gab es erneute Erdbeben, diesmal in der Präfektur Gunma, das liegt zwischen Fukushima am Pazifik und Niigata an der japanischen Meerseite. Hier haben wir nichts verspürt. Allerdings sind wir nach diesem großen Beben sofort alarmiert, schauen auf die bewusste Gardine, ob sie sich bewegt oder nicht und verspüren schon wieder die bereits geschilderten Kreislaufstörungen. Dieses Phänomen hat auch schon einen Namen: „*Erdbeben-Krankheit*." Vergleichbar sind die Störungen mit einer Seekrankheit oder den gefühlten Schwankungen nach einer längeren Bootsfahrt. Wenn Sie danach wieder an Land gehen, fühlen Sie immer noch, wie der Boden schwankt. Nach nunmehr fast 250 starken Nachbeben kein Wunder.

Zu allem Unglück kommt jetzt noch der weiter steigende Yen hinzu. Die Finanzminister der G 7 haben gestern tatsächlich gehandelt und Japan entsprechend unterstützt. Das Land erfährt aus allen Teilen der Welt große Sympathie, wir hoffen, dass das auch weiter anhält, wenn das Unglück hier durch andere weltbewegende Ereignisse wieder aus dem Fokus gedrängt wird.

Anlässlich einer Schweigeminute genau nach einer Woche nach dem Erdbeben mit dem Tsunami um 14:46 hielt der japanische Ministerpräsident Kan gestern eine Ansprache an das japanische Volk und rief noch einmal zu gemeinsamen Anstrengungen auf. Es bestünde kein Raum für jeden Pessimismus. Wenn alle zusammenhalten, könnte das Land wieder auferstehen. Er hatte dabei immer noch seine blaue Arbeitsuniform an, sah sehr übermüdet aus. Unbeschreibliche Aufgaben, die er und sein Kabinett zu bewältigen haben. Im Augenblick höre ich auch nicht, dass die Opposition gegen ihn arbeitet. Das war bis vor einer Woche noch anders. Da gab es noch die wiederholten Aufforderungen zurückzutreten. Das wird wiederkommen, da bin ich mir sicher.

Da die lokalen Verwaltungen in den betroffenen Gebieten ebenfalls weggewaschen und zerstört worden sind, ist dort ein Verwaltungs-Vakuum entstanden. Es reicht nicht mehr zu sagen, gut, dass wir überlebt haben. Jetzt ist Leadership und Organisation – wie das des 15 Jährigen – gefragt, die die Aufräumarbeiten und den Wiederaufbau organisieren. Der Schlamm, die unendlichen Trümmer, die miserable Versorgung der Flüchtlinge und die zusammengebrochene Logistik müssen sofort verbessert werden, bevor es zu weitgreifender Unzufriedenheit kommt. Aus diesem Gründen wurden Aufbauhelfer für die Verwaltungen aus Kansai (Osaka/Kobe) geschickt, die bereits aus dem großen Erdbeben in Kobe (1995) ihre Erfahrungen gezogen haben. Schon innerhalb von 3 Tagen hatten nämlich dort die Aufräumarbeiten begonnen.

Ein Problem, das ich immer wieder im TV verfolge, sind die vielen alten Leute, die sich nicht helfen können und die nicht richtig versorgt werden können. Sie haben ihre notwendigen Tabletten nicht mehr mit in die Unterkünfte bringen können und sind dringend auf die weitere Versorgung in einem Krankenhaus angewiesen. Die gibt es nicht mehr oder können nicht entsprechend mit Medikamenten und sonstigen Materialien versorgt werden. Wegen Benzinmangels! Es ist nicht zu glauben, unter welchen widrigen Umständen das Benzin in die Gebiete gebracht werden muss, teilweise per Schiff, dann über Land. Alles ist zum Wettlauf gegen die Uhr geworden. Einige der alten Leute sind bereits wegen der mangelnden Versorgung verstorben.

Wir lernten im TV einen Unternehmer kennen, der einen Stahlbau-Betrieb durch den Tsunami verloren hatte. Er suchte nach einem seiner Mitarbeiter, mit dem er 10 Jahre gut und freundschaftlich zusammengearbeitet hatte. In den hoch aufgetürmten Trümmern fand er dessen Auto, seine Jacke und Brille. Vom Freund und Mitarbeiter keine Spur. Er musste in den Wassermassen untergegangen sein. Den Reportern sagte er dazu: *„Ich habe mehr verloren als meinen Betrieb.“*

Die gestern durchgeführten zweimal je drei Stunden Stromsperren haben bei meinen Schwiegereltern dazu geführt, dass es im Haus zu kalt geworden ist. Einen Kerosinofen gibt es nicht mehr, alles ist heute voll elektrisch, es fällt sogar das Wasser aus, wenn kein Strom für die Pumpen mehr vorhanden ist. Dass es kalt wird ist eine Sache, aber es fällt alles aus, was noch vor vielen Jahren per Hand geregelt werden konnte. Selbst das Telefon funktioniert nicht mehr ohne Strom.

Da wir in Deutschland gegen Atomkraftwerke sind und das unter anderem an dem Unglück in Fukushima festmachen, sollten wir eine unaufgeregte Diskussion darüber beginnen, wie wir denn, wenn die Atomkraftwerke einmal abgestellt sind, die Versorgung der Industrie, der Bahnen und der Haushalte etc. sicherstellen können. Wenn wir ohne vorgefasste Meinungen und politisch gefärbte, auf Wahlausgänge schielende Interessen diese Fragen beantworten können, dann wären wir schon auf dem Weg. Unaufgeregtheit ist das Catchword dafür. Alles hat eine Ursache, wir müssen die Wirkungen berechnen und dann erklären, warum wir etwas tun und nicht umgekehrt.

Die Nachrichten über die Fortschritte und Rückschläge an den Reaktoren in Fukushima gehen um die Welt, ich möchte die Momentbeschreibungen nicht mehr kommentieren. Soeben wird gemeldet, dass es gelungen sei, von den Reaktoren 5 und 6 eine Notstromleitung an die Reaktoren 1 und 2 zu legen. Am morgigen Sonntag soll die Leitung auch zu den Reaktoren 3 und 4 verlegt werden. Das wurde von meiner Frau schon als großer Erfolg begrüßt. Mit so geringen Erfolgen werden wir jetzt leben müssen. Der Weg wird bestimmt noch weit, langwierig und mit vielen Gefahren und Entbehrungen verbunden sein. Dank an die Männer, die dort für uns in Japan, und wie ein Freund aus Düsseldorf gestern schrieb: „*auch für uns in Deutschland*“, kämpfen. Der Kampf gegen die Uhr hat begonnen. Es wird aber noch ein sehr langer Kampf werden.

Soeben hatten wir eine eineinhalb stündige Katastrophenschutz-Übung in unseren Gebäuden. Um 9:30 wurde per Interphon aufgefordert mit dem Aufzug in die 5. Etage zu fahren, um dann von dort langsam durch das Treppenhaus zur zweiten Etage zu gehen. Von da aus gelangen wir in den sogenannten Garten, eine Rasenfläche auf der Ebene zwei, auf dem im Sommer gegrillt werden kann. Nachdem sich etwa 200 Personen aus den drei Hochhäusern mit jeweils 200 Wohneinheiten versammelt hatten, gab es eine mündliche Einweisung. Was ist im Falle eines Falles zu tun. Schon bei der Begrüßung durch den Chef der Eigentümerversammlung verbeugten sich die Anwesenden tief mit einem lauten „*Guten Morgen*“, ein anrührender Anblick mit so viel gegenseitiger Freundlichkeit, Wohlerzogenheit und Respekt. Es wurde auch darüber informiert, dass die Erdbebensicherung in unseren drei Hochhäusern, jetzt 7 Jahre alt, beim großen Beben sehr gut funktioniert hätte. In keiner Wohnung sei etwas herunter gefallen. Ein gutes Gefühl der Sicherheit.

Auf jeder der 30 Etagen der Häuser sind Stahlschotts eingebaut, die im Falle eines Brandes automatisch schließen. Wir mussten alle mit ansehen, wie sich so ein Schott schließt und mussten danach durch die Fluchttüren gehen, um diese Erfahrung einmal gemacht zu haben. Nach dieser Übung wurden wir aufgefordert, zum Treppenhaus zurückzugehen, also mussten wir den Weg dorthin finden, was bei der Menschenmenge nicht schwer fiel, einfach nur der Menge zu folgen. Nun wissen wir, wie das im Ernstfall aussehen könnte. Wir hatten das Gefühl, genau zu wissen, wie wir die Türen in den Schotts auch ohne Anleitung öffnen und den Weg zum Treppenhaus finden konnten. Niemand lachte bei diese Übung, alles ging mit großem Ernst vonstatten. Da war kein Platz für Scherzchen, oder *„ich weiß schon."* Panik kann im Ernstfall damit vermieden werden. Nach dieser Übung beschlossen wir für den Fall, dass wir sie gebrauchen müssten, unsere Taschenlampen mit neuen Batterien zu versehen.

Zusätzlich wurden wir in den Gebrauch des Automatisierten Externen Defillibrators AED eingewiesen. Jeweils ein Gerät steht an prominenter Stelle vor dem Hausmeister-Desk nahe dem Eingang und im Katastrophenschutz-Zentrum, das für die drei Häuser 24 Stunden besetzt ist. Sollte bei uns jemand einen Herzstillstand erleiden, könnten wir über Interphon das Gerät anfordern, es würde uns dann umgehend zur Wohnung gebracht. Um die Zeit bis zur Anlieferung des Gerätes zu überbrücken, müssten wir selbst eine Herzmassage anwenden, deshalb wurden wir jetzt eingewiesen, wie wir eine Herzmassage durchführen können. An einem Demo-Objekt wurde demonstriert, wie ein Bewusstloser anzusprechen und sein Puls gefühlt werden muss und wie wir dann die Herzmassage selbst geben können. Ich wusste gar nicht, dass bei einer Herzmassage so kräftig gepumpt werden muss, dass dabei sogar Rippen brechen könnten. Wieder etwas gelernt, vor allem, wie ernsthaft und wissbegierig unsere Mitbewohner danach Fragen stellten. Ich verließ diese Übung mit dem Gefühl, dass ich im Ernstfall vorbereitet wäre.

Heute Morgen lief die *ASUKA II*, das größte japanische Passagierschiff, am *Osanbashi Pier* ein. Das Anlegemanöver verfolgen wir von unserem Schlafzimmer-Balkon aus, später fahren wir mit dem Rad zum Pier, um uns das gerade angelegte Schiff aus der Nähe anzusehen.

Das Leben und der Kampf der unerschrockenen Helden in Fukushima geht weiter. Noch ist dieser Kampf und das ständige Auf und Ab der Ergebnisse Thema No.1, aber zunehmend kommen auch Nachrichten über die Ereignisse in Libyen auf die TV Sender. Es wird auch wieder über andere Ereignisse berichtet, und auf einigen TV Kanälen werden schon Filme gezeigt. Mit allen Unannehmlichkeiten in Fukushima und den betroffenen Gebieten, wo für uns ums Überleben gekämpft wird, normalisiert sich das Leben. Allerdings, ohne dass uns und den meisten Japanern der Sinn zum Feiern, zu Reisen oder zum unangemessenen Umgang mit der Situation der Flüchtlinge und der Katastrophe im Fukushima Daiichi in den Sinn käme.

Tag 9 nach dem Beben 20.3.2011

Wir haben wieder viele Zuschriften von unseren Freunden bekommen, die immer noch zeigen, wie sie mit den Japanern mitfühlen.

Im Fukushima Daiichi Kraftwerk geht es in den Endkampf. Berichte über angeschlossene Stromkabel, richtig in Stellung gebrachte Löschfahrzeuge der *„Hyper Rescue"*, Feuerwehr aus Tokyo für die Bewässerung der Reaktoren und der Becken für die gebrauchten Brennstäbe, Meldungen über Reduktionen der *„microSievert"* Werte. Diese Informationen zusammengenommen verführen zur Hoffnung, dass die Kämpfer unter Lebensgefahr die Reaktoren und die Brennstäbe so kühlen können, dass sie weiteren Austritt von Radioaktivität unter Kontrolle bringen können.

Drei Feuerwehrmänner der *„Hyper Rescue"* Gruppe erläuterten nach ihrem ersten Einsatz am Reaktor No. 3 ihre anfänglichen Ängste und ihre Nervosität. Aber auch ihren kämpferischen Willen, mit dem sie professionell an die Bewässerung des Reaktors No. 3 herangegangen sind. Einer der Männer berichtet, dass es vor ihrem Einsatz E-Mail-Kontakt mit seiner Frau gab. Er versprach ihr, dass er sein Möglichstes tun werde, die Hoffnungen und Erwartungen der Menschen in Japan zu erfüllen und dankte ihr und den anderen Familienmitgliedern für ihre Unterstützung. Er versprach, gesund zurückzukommen. Die Antwort seiner Frau nicht etwa: *Pass auf Dich auf.* Nein, sie schrieb ihm: "*Ich hoffe, dass du Japan retten kannst!*"

Aber es ist auch die Zeit, ersten Rumor zu streuen, das hat nun auch in Japan begonnen. Es wird zum Beispiel angezweifelt, dass die Ergebnisse der Radioaktivitätsmessungen an den verschiedenen Punkten nicht richtig weitergegeben werden. Ich kann das nicht beurteilen, möchte mich dadurch auch nicht beeinflussen lassen. So viele microSievert Werte, wie wir sie in den letzten Tagen gehört haben, verwirren uns nur. Sie tragen ohne umfassendes Wissen um die damit verbundene Gesundheitsgefährdung nicht zum besseren Verständnis bei. Allerdings, für Interessierte stehen sie in mehr als ausreichender Anzahl zur Verfügung. Wir verlassen uns immer noch auf das, was wir im japanischen TV und den japanischen Zeitungen hören und lesen und bilden uns daraus unser eigenes Urteil. Gut, dass wir gegen Anhaftungen durch die zweifelnden Berichte gefeit sind und es hoffentlich auch bleiben werden.

So wurde jetzt berichtet, dass erhöhte Radioaktivität in Milch aus Fukushima und Spinat aus der Präfektur Ibaraki gefunden wurde. Auch hier gibt es Aufklärung, die Milch war noch vor dem Unfall abgefüllt worden und enthält keine gesundheitlich gefährliche Strahlenbelastung. Der Spinat ist auch nicht gesundheitsgefährdend, wurde aber sofort aus dem Verkehr gezogen. Wir hoffen nicht, dass jetzt die Zeit der Schwarzmaler anbricht. Das hilft niemandem. Ich habe aber nicht den Eindruck, dass falsch oder ungenau informiert wird, vielleicht entspricht das aber eher unserer unbekümmerten Einstellung. Die nächsten Tage wird erneut berichtet werden, alles wird sich verbessern, verschlechtern oder in anderer Richtung ändern. Wir bleiben Zeugen und Beobachter.

In Sendai und Fukushima regnet es heute Nachmittag. Das ist wieder einmal der nächste kritische Moment. Die Radioaktivität wird durch den Regen gebunden, sie kann sich somit auf dem Boden und auf der Kleidung festsetzen. Es wird geraten, Regenmäntel zu tragen und wenig von der Haut dem Regen auszusetzen. Die Ratschläge sind so gehalten, dass wir verstehen könnten, auch wir in Yokohama sollten Regenmäntel tragen.

Aha, es setzt die erste Beeinflussung unseres bisher so unabhängigen, starken Bewusstseins ein. Obwohl wir uns in Yokohama 250 km von Fukushima entfernt sicher fühlen, wollen wir bei einsetzendem Regen auch nicht rausgehen. Dann beschließen wir doch das Haus auch bei Regen zu verlassen. Was sind das schon für Belastungen verglichen mit denen, der die Männer der *„Hyper Rescue“* Gruppe ausgesetzt werden.

Was uns vielmehr berührt, sind die vielen *„Alten“*, die in Krankenhäuser oder andere Einrichtungen verlegt werden müssen. Viele von ihnen sind nicht mehr in der Lage, sich selbst zu versorgen. Diese alten Menschen werden mit größter Fürsorge behandelt. Es werden zum Teil Busse der Polizei eingesetzt, um sie in neue Einrichtungen zu verlegen. So hat eine Einrichtung in Yokohama 240 alte Menschen aufgenommen. Sie können allerdings jetzt nicht in Zimmern liegen, sondern für sie wurden Klappbetten im Versammlungsraum aufgestellt, Bett an Bett. Es sieht aus wie in einem Lazarett. Dazu dann das liebevolle Kümmern der Krankenschwestern um die Einzelnen. Ja, diese Menschen haben nun etwas mehr als ein Dach über dem Kopf, aber die Umstände sind auch mehr als miserabel. Glücklicherweise gibt es noch viele Menschen, die sich so liebevoll um die „*Alten*" kümmern.

Wir können sehr, sehr dankbar sein, dass die Eltern meiner Frau so fit sind und sich selbstbestimmt bewegen und verhalten können. Die geschilderten Bilder hinterlassen den Eindruck, dass wir wieder einmal neue Wege für die immer älter werdende Gesellschaft dringend und verstärkt finden müssen. Die Anzahl der Japaner von zurzeit etwa 127 Mio. ist seit 2004 rückläufig. Berechnungskurven der Regierung zeigen, dass die Bevölkerung bis 2100 auf 37 - 64 Mio. zurückgehen wird. Wie ein Volk damit umgehen muss, wird jetzt von einer von der Regierung eingesetzten Kommission untersucht. Die Industrieländer, die alle das gleiche Problem haben, sollten in dieser Frage zusammenarbeiten, um gemeinsam neue Wege für dieses „Problem" zu finden. So kommen aufgrund der augenblicklichen Krise immer neue Problemstellungen auf, die nur in gemeinsamer, unaufgeregter Zusammenarbeit gelöst werden sollten.

Durch die Evakuierung aus der 20 und 30 km Zone um Fukushima Daiichi und den verwüsteten Städten und Dörfern sind Menschen gezwungen, in andere Präfekturen auszuweichen, wo sie niemanden kennen und allein auf sich gestellt werden. Das ist ein weiteres Problem, denn wer aus seiner kleinstädtischen oder dörflichen Umgebung gerissen wurde, findet nicht so leicht Zugang zu Menschen und Freunden in für sie vollkommen fremden Umgebungen. Beide Seiten, die *„Flüchtlinge"* und die Bewohner der neuen Umgebung müssen aufeinander zugehen. Schwierig! Könnten wir uns in ihre Lage versetzen?

Bis jetzt, neun Tage nach der Katastrophe, war es gut genug, gerade überlebt zu haben, aber das Leben geht weiter. Wie wieder eine Arbeit zu finden, ein neues Leben zu beginnen, eine neue Wohnung zu beziehen, selbständig leben zu können, neue Menschen um sich herum zu haben? Probleme, die über die momentanen Schwierigkeiten, wie Benzin zu tanken und dafür lange Wartezeiten in Kauf zu nehmen oder seit Tagen kein Bad genommen zu haben, weit hinaus gehen und noch in Zukunft behandelt und von uns allen unterstützt werden müssen. Jetzt beginnt die psychische Belastung, weil es zurzeit keine Perspektiven gibt. Hier ist die Hilfe aller Japaner gemeinsam gefordert eine Perspektive zu schaffen. Rührend ist die Einstellung von Einzelnen: Der Postbote, der mit seinem Moped erstmalig nach neun Tagen wieder Post austragen kann, weil die Pioniere der SDF, Self Defence Forces, eine Behelfsbrücke aufgebaut und die Überbleibsel der Häuser zur Seite geräumt haben, um eine Gasse für Hilfstransporte frei zu machen. Er besucht teilweise zerstörte Häuser oder Häuser, die etwas höher gelegen waren und versucht, seine Post zu übergeben. Mehr als 30 % der Häuser sind in seinem Bereich total verschwunden. Er trifft nur wenige Menschen an, die meisten sind irgendwo in Evakuierungslägern untergebracht, andere nicht auffindbar. Für die wenigen, die er antrifft, ist er der einzige Mensch, mit dem sie ins Gespräch kommen können. Dadurch verbreitet er das gute Gefühl bei diesen Menschen, dass sie Hoffnung haben können, dass ab jetzt alles besser wird. Wenn man dann die Umgebung sieht, ist das eine kaum zu glaubende Illusion, an die sich diese Menschen klammern.

Eine Schulklasse singt in einem Evakuierungslager – in dem die Menschen seit Tagen auf dem Boden schlafen – *„There is a Tomorrow“* , und die Evakuierten singen mit und klatschen mit. Unglaubliche Szenen, wie Menschen in diesem einem, kurzen Augenblick so glücklich sein können. Dann gibt es den jungen Mann, Mitglied der freiwilligen Feuerwehr seines Städtchens. Als die Tsunamiwarnung eintraf, musste er in Sekunden eine Entscheidung treffen: Sich mit seiner vierköpfigen Familie in Sicherheit zu bringen und wegzulaufen oder seine Pflicht als Mitglied der freiwilligen Feuerwehr zu tun und die Schleusentore vor der Tsunamiflut zu schließen. Er entschloss sich dazu, seine Pflicht zu tun. Die Schleusentore wurden geschlossen, aber die Fluten rissen später sein Haus mit der Familie fort, er überlebte. Jetzt ist er wieder im Einsatz bei der Feuerwehr, hilft, wo er helfen kann und sucht seine Familie. Sie wird nachmittags tot geborgen. Vor der Kamera sehen wir, wie seine Kollegen sich rührend um ihn kümmern, er versucht dabei so zu tun, als ob alles O.K. für ihn sei. Aber in ruhigen Minuten macht er sich klar, dass er seiner Frau und seiner Familie nicht helfen konnte und weint bitterlich. Wer von uns kann seine inneren Nöte nur annähernd verstehen?

Da ist der Vater, dessen Sohn eine alte Frau retten will und dabei umkommt. Bei aller Traurigkeit danken ihm die betagten Eltern, dass er sein Bestes gegeben hatte und zeigen Verständnis für sein Tun. Einen Tag später wird seine Tochter geboren.

Ein rüstiger Alter bittet die Reporterin, über das TV zu verbreiten, dass es in diesem Dorf einen alten Mann gebe, der mit seinem großen Willen das Dorf mit früher sechzig Familien – jetzt nur noch drei Familien - wieder aufbauen wird. Egal wie lange es dauert. Selbst die Reporterin musste daraufhin mehrfach heftig schlucken. Sie konnte ihre Tränen nicht zurückhalten, insbesondere als sie berichtete, dass sie von den Überlebenden auch noch Tee serviert bekam. Diese Überlebenden wohnen auf dem Gelände eines Shinto Schreins hoch über dem ehemaligen Dorf, unter Plastikplanen und aus dem Schutt gezogenen Sachen. Sie alle haben Brüder, Männer, Väter und Freunde verloren. Sie berichten, dass sie schon so viel geweint hätten, dass weitere Tränen nicht mehr laufen könnten, jetzt hieße es nur noch nach vorne zu sehen und sich gegenseitig zu unterstützen. Die Reporterin dann über ihr Mikrofon ins Studio: „*Ungeheuerlich, dass wir als TV Team von diesen Leuten noch gestützt werden müssen...*“

Wir haben von einer sehr lieben Freundin eine Zuschrift erhalten, die uns so berührt hat: „*Ich kenne das Gefühl, wenn plötzlich nichts mehr so ist, wie es war. Auch wenn es bei mir eine ganz andere Situation ist, ist es doch vergleichbar. Vor allem ist es schwer, alles anzunehmen, wie es kommt. Das ist sehr schwierig.*“

Ja, Unfälle, Krankheiten und äußere Gewalt können jeden von uns und in jedem Moment treffen, das muss man sich immer wieder bewusst machen. Das ist es, was der Japaner in seinem Unterbewusstsein, durch die vielen Katastrophen über Generationen hinweg gespeichert hat. Was kann er gegen die Natur ausrichten? Kann er durch Kampf die Situation verbessern oder verändern? Wenn er eine Chance sieht, ja dann tut er es mit allem Willen. Wenn keine Aussicht besteht, dann akzeptiert er das Unglück – *Shoganai* – und blickt nach vorne.

Im japanischen TV wird weiter in aller Ruhe von einem neuen Problem mit dem Reaktor No. 3 berichtet. Wieder ein Problem. Der Druck hat sich heute bedrohlich erhöht, es müsste Druck, das heißt hoch radioaktiver Dampf abgelassen werden. Bevor das Reaktorgehäuse durch die Überhitzung zerstört wird, wurde entschieden Dampf abzulassen, selbst unter Berücksichtigung eines erhöhten Ausstoßes von Radioaktivität. Was das für uns in Yokohama heißt, können wir nicht sagen. Der Kampf für uns, Japan und die Menschheit ist wohl noch nicht zu Ende.

Die Feuerwehrmänner von der „*Hyper-Rescue*" Gruppe, die SDF Soldaten, die Männer von Tepco und deren Zulieferern und die vielen anderen, die dort für uns den Kampf ausführen, könnten wie die Fire Fighter von Ground Zero in New York später gesundheitliche Probleme bekommen. Wir hoffen, dass dies nicht eintritt.

Es gibt ein japanische Sprichwort: *Mitgefühl ist nicht nur zum Wohle der anderen (sondern auch zum eigenen Wohl).*

Tag 10 nach dem Beben 21.03.2011

Das Leben hier normalisiert sich außerhalb der Krisengebiete. Allerdings auf einem ziemlich veränderten Niveau als bisher. Wir wohnen in einem in den letzten 10 Jahren neu entstandenen Gebiet direkt am Yokohama Bay. An Wochenenden kommen Tausende hierher zum Wasser, zum kleinen Vergnügungspark mit dem großen Riesenrad oder besuchen die ungezählten Restaurants und Läden. Hier fahren dann Autos in langen Schlangen vorbei, und im Park am Wasser sitzen die Liebespärchen, führen Menschen ihre Hunde aus, versuchen Angler große Fische an Land zu ziehen. Das moderne Yokohama zieht so viele Menschen an, die eben gerne am Wasser sind und sich hier vergnügen wollen. Heute ist es wie schon am vergangenen Wochenende leer. Der Park ist nicht mehr zugänglich. Wegen verschiedener Schäden an den Hafenmauern, verursacht durch das Erdbeben vor 10 Tagen, möchte die Stadt kein Risiko für mögliche Verletzungen von Besuchern eingehen. Also ist niemand auf den Wiesen, sitzt niemand am Wasser auf den Treppen. Von oben sieht alles so schön aus, aber die Menschen vermeiden ihre Ausflüge an diesem Wochenende.

Obwohl heute das Riesenrad wieder läuft, gibt es wenige Besucher. Die Nachrichten haben also schon gewirkt, sie haben Entscheidungen beeinflusst. Abwarten und zu Hause bleiben. Selbst die Schwiegereltern sind nicht in ihr Wochenendhaus in die Hakone Berge am Fuße des Fuji-sans gefahren.

„Wir wollen uns lieber nicht so weit weg bewegen, solange wir uns nach Benzin anstellen müssen." So kommt das Leben ganz allmählich zum Erliegen. Die Nichte meiner Frau ist 18 sie studiert in Tokyo. Ihre Uni ist erst einmal bis nach der goldenen Woche, bis nach dem 5. Mai, geschlossen. Ihre Freundinnen bleiben alle zu Hause, die Bahnfahrten sind eingeschränkt, und sie möchten mit dazu beitragen Strom zu sparen!??

Im großen Kaufhaus SOGO sind die Läden von Louis Vuitton, Chanel und Dior an diesem Wochenende geschlossen. Die Restaurants von SOGO und dem anderen Großkaufhaus Takashimaya schließen um 19:00, sonst sind sie bis 21:00 oder 22:00 Uhr geöffnet.

Wir sehen andere Restaurants mit einem Schild im Fenster – *„Wegen Selbstbeschränkung bis zum 22. März geschlossen. Wir wollen damit beitragen, den Stromverbrauch zu senken."*

Die TV Programme kommen wieder zur Normalität zurück. Fernsehfilme, Komödianten, Serien, es ist alles wieder da, was bis zum 11.März auch jeden Tag 24 Stunden über die Schirme flimmerte. Die Krise wird auf die Nachrichtenzeit zurückgedrängt, allerdings mit längeren Erklärungen und Darstellungen, was gerade im Kraftwerk vorgeht. Natürlich gibt es Sondersendungen, in denen Hintergründe aufgeklärt werden oder immer noch Reporter unterwegs sind, um neue Geschichten vom Leid und Glück der Überlebenden einzufangen. Auch bei uns ist es ruhiger geworden. Hätte uns am 11. und 12. März bei der Aufnahme von so viel Leid und immer wieder neuen, noch schrecklicheren Unglücken noch der Kopf platzen können, so sind wir jetzt viel relaxter im Umgang mit den Nachrichten geworden. Es gibt sogar Stunden, in denen das TV Gerät ausgestellt bleibt. Entweder war es vorher zu viel, oder wir haben uns an die immer noch schlechten oder nur leicht verbesserten Nachrichten gewöhnt und stellen wieder auf innere Ruhe um.

Wenn Sie in dieser Situation eine E-Mail von der Deutschen Botschaft bekommen würden, was würden Sie denken? Wissen die mehr als wir? Panikmache? Das Schreiben kam hier am 20.3. um 9:36 an.

„Liebe Landsleute, falls Sie gezielte Fragen zu möglichen gesundheitlichen Folgen im Zusammenhang mit den Vorfällen im Kraftwerk Fukushima I haben, steht Ihnen vorerst bis zum 20. März einschließlich die Rufbereitschaft des Bundesamtes für Strahlenschutz unter der Rufnummer +49-1715246914 sowie +49-15118610060 von 16.00 h nachmittags bis 06.00 h morgens japanischer Zeit (08.00 h bis 22.00 h deutscher Zeit) zur Verfügung.

Mittel zur Jodblockade: Allen Deutschen, die im Umfeld des Kernkraftwerks Fukushima I und im Großraum von Tokyo/Yokohama wohnen, empfiehlt die Botschaft, sich auf Anweisung der japanischen Behörden erforderlichenfalls mit Mitteln zur Jodblockade zu versorgen, die im Ernstfall von diesem bereitgestellt werden. Sie erhalten aber erforderlichenfalls auch pro Person zwei Jodtabletten von der Deutschen Botschaft. Sie können sich zu diesem Zweck an den Vertrauensarzt der Botschaft, Herrn Dr. Nagano (Tokyo International Clinic, 4-18-19 Takanawa, Minato-ku, Tokyo / Tel. 03-5798-3585, Sprechstunde 9.00-17.00), wenden, wo deutsche Staatsangehörige gegen Vorlage eines Reisepasses zwei Jodtabletten erhalten können. Unabhängig von der Staatsangehörigkeit werden die Tabletten auch an unmittelbare Familienmitglieder (Ehepartner und Kinder) ausgegeben. Die in Deutschland verwendeten Tabletten zur Jodblockade, die in ihrer Wirkung den in Japan verwendeten Mitteln entsprechen, sind auf der Internetseite www.jodblockade.de beschrieben, wo Sie auch weiterführende Informationen in deutscher und englischer Sprache finden. Mittel zur Jodblockade müssen im Ernstfall durch die japanischen Behörden in den Evakuierungszentren bereitgestellt werden. Alle Mittel zur Jodblockade sollten keinesfalls eingenommen werden, bevor hierzu die entsprechende Anweisung der japanischen Behörden ergeht. Bei zu frühzeitiger Einnahme besteht die Gefahr, dass die notwendige Schutzwirkung nicht erzielt wird. Eine höhere Einnahme als zwei Tabletten pro Person ist nicht erforderlich und erhöht die Schutzwirkung nicht".

In Japan redet zurzeit niemand über diese Tabletten. Wir auch nicht. Doch andere Botschaften werden in Kürze beginnen, ihren Landesbürger zu empfehlen, die Jodtabletten vorsorglich einzunehmen. Auch hier Informations-Chaos.

Leider kommt es doch jetzt zu ersten Diebstählen und Plünderungen. Das ist außergewöhnlich, aber scheint zur Menschheit auch in Japan dazuzugehören. Zuerst waren es Lebensmittel, die aus eingestürzten Supermärkten gestohlen wurden, dann war es Bargeld aus den offen liegenden Kassen, dann gingen diese Räuber dazu über, in Privathäusern nach Geld und Bankbüchern zu suchen. Dass sie Benzin aus den vielen Autowracks abpumpen, ist dabei nur eine Randerscheinung. Trotzdem, solche Diebstähle in größerem Umfang sind in Japan eigentlich kaum zu erwarten. Es besteht ein gewisser Gruppendruck, der diejenigen ausschließt, die sich nicht konform mit dem *„Common Sense"* verhalten. Und zum Common Sense gehört eben auch, dass Diebstahl kriminell ist und von der Allgemeinheit nicht toleriert werden kann und darf. Dieses Empfinden hat der Japaner im Blut, er müsste eigentlich nicht darauf hingewiesen werden. Trotzdem, junge Leute, Schüler beginnen damit, Ladendiebstähle zu begehen. Ob aus Übermut und Spaß, aus Geldmangel, aus Prestigegründen, als Mutprobe, ich weiß es nicht. In den vergangenen Tagen habe ich das erste handgeschriebene Schild vor einem Buchhandel an einem lokalen Bahnhof gesehen: *„Ladendiebstahl ist kriminell."* Unser Fahrrad-Händler bestätigte das. Er meinte, als ich ihm berichtete, dass jemand mein Rücklicht gestohlen hätte, dass ältere Leute so etwas nicht tun würden, aber insbesondere Schüler damit beginnen würden.

Dass es wieder in gewisser Weise normal wird, mit dieser Katastrophe umzugehen, obwohl die Rate der Vermissten und Toten auf weit über 20.000 Menschen angestiegen ist und noch über 300.000 Menschen in den geschilderten miserablen Zuständen leben müssen, zeigt die erste Berichterstattung über gefälschte Überwachungsprotokolle in Kraftwerken von Tepco...... Schade, aber das wird alles aufgeklärt werden, sobald die Reaktoren im Kraftwerk Fukushima Daiichi unter Kontrolle sind. Bis dahin sollten sich *„die Leute, die auch etwas wissen"*, ruhig verhalten, damit sich das Management und die kämpfenden Mitarbeiter auf die Schadensbegrenzung fokussieren können. Dann allerdings sollte schonungslos aufgeklärt werden. Da habe ich gar keinen Zweifel, dass das passieren wird.

Ja, Japaner, so bewundernswert sie auf der einen Seite sind, haben auch einen großen Fehler, der gleichzeitig ihre Stärke ist. Zu seichte, abhängig machende Beziehungen zwischen Regierung, Wissenschaft und Industrie, Vogel-Strauß-Politik, wo man eigentlich auf den Tisch hauen müsste. Aber wer von uns kann den ersten Stein werfen?

Ich habe mich heute entschlossen, nach *„10 Tagen After"* meine Meldungen über den Tages- oder Minutenzustand an meine Freunde nicht weiter fortzusetzen. Jetzt wird es zur Politik übergehen, zu Schuldzuweisungen und Besserwisserei kommen, aus der ich mich raushalten möchte.

Nachdem ich diese Information an meine Familie und Freunde in Europa gegeben hatte, sind wir im Regen nach Tokyo gefahren, um dort fröhlich mit unseren Freunden zum Essen zu gehen.

Meinen letzten Bericht habe ich mit einer Bitte verbunden: *„Haltet fest im Vertrauen darauf, dass die Japaner diese Krise meistern werden. Haltet sie in eurem Herzen und unterstützt sie dadurch seelisch. Und lernt aus deren Krise für euch, dass alles, was uns jetzt lieb und teuer erscheint – Geld, Ruhm, Ansehen und das Streben nach mehr und mehr, durch Krankheit und Tod, durch äußere Einflüsse wie Gewalt und durch Naturkatastrophen und sonstige Umwälzungen jeden Moment zu Ende sein kann. Entdeckt eure eigenen Werte. Danke, dass ihr uns durch eure vielen, vielen E-Mails, Telefonanrufe und Skype-Unterhaltungen aufgemuntert habt. Wir sind auch in dieser Krise weiter gewachsen."*

Kapitel 4

Es geht weiter

In den letzten Tagen hat es wieder verschiedene heftige Nachbeben gegeben. Wir fühlen uns nach wie vor sicher, schweben mit unserem Haus die Schockwellen mit und haben nicht einmal mehr das Gefühl, es könnte Größeres passieren. Allerdings, immer haben wir danach wieder das Gefühl heftiger Kreislaufstörungen, eben die Erdbebenkrankheit. Das ist die Reaktion unserer angespannten Nerven, die wir aber nicht als angespannt empfinden. Das berichten uns auch andere Freunde, na, ja, die sind so heftige Erdstöße nun auch nicht jeden Tag gewohnt. Entwarnung scheint noch in Sicht zu sein.

Am 22. März, 11 Tage nach dem Erdbeben, hatte ich mich erstmalig darum gekümmert, wie ich denn Anfang April aus Japan mit der Lufthansa über München planmäßig nach Hause fliegen könnte. Seit der vergangenen Woche ist die LH nicht mehr nach Tokyo geflogen, sondern ist nach Nagoya und Osaka im Kansai ausgewichen. Die Strahlenbelastung erschien der LH in Tokyo zu hoch zu sein.

Die Lufthansa wird ab dem 25.März wieder Tokyo/Narita anfliegen, die zwischenzeitlich nach Nagoya und Osaka verlagerten Flüge zwischen Japan und Deutschland werden damit wieder fast normal verlaufen. Fast normal deshalb, weil ein Flug von Narita nach München zunächst bis zum 1. April noch über Seoul in Korea abgewickelt wird. Dann erfuhr ich, dass Flüge ab 2. April von Tokyo nach München wieder nonstop fliegen werden. Mich erreichte dazu ein weiteres Email Schreiben des deutschen Botschafters in Tokyo vom 23. März 2011 an die *„Lieben Deutschen in Japan"*. Es gibt zwar keine Entwarnung, aber weitere Normalisierung.

„zwölf Tage nach dem verheerenden Erdbeben und den darauffolgenden Tsunami-Wellen kann Japan noch nicht zur Normalität zurückkehren. Erschreckend sind die täglich neuen Zahlen der Opfer, die die Naturkatastrophe im Tohoku-Raum hervorgerufen hat und die dramatischen Folgen, die sie für die Überlebenden hat. Wir trauern mit unseren japanischen Gastgebern um deren Angehörige und Freunde.

Wir bewundern zugleich alle die Entschlossenheit und den Mut, mit der Japan sich unter widrigsten Umständen und im Moment größter Trauer an den Wiederaufbau des Landes macht. Das Leben kehrt, wenn auch noch in kleinen Schritten, in die betroffenen Gebiete zurück. Stück für Stück werden die Verkehrsverbindungen und damit wichtige Versorgungswege wieder eröffnet. Besonders viel Mut machen die zahllosen selbstlosen Hilfsangebote aus Japan und aus dem Ausland. Nicht zuletzt Deutschland und von den Vertretern der deutschen Gemeinde in Japan kam eine große Zahl solcher Angebote, die ein wichtiges Zeichen der Solidarität setzen und über die wir uns alle sehr freuen. Das Auswärtige Amt hat mittleiweile einen eignen Arbeitsstab zur Koordination der Hilfsangebote eingesetzt, der von meinem Vorgänger Botschafter a.D. Hans-Joachim Daerr geleitet wird.

Ein ermutigendes Zeichen nicht zuletzt für die Deutschen in Japan ist, dass ab heute, dem 23. März, die Lufthansa wieder nach Narita fliegt. Wir hoffen sehr, dass auch in anderen Bereichen das Leben der deutschen, vor allem derjenigen, die ihren Lebensmittelpunkt im Raum Tokyo/Yokohama haben, sich bald wieder normalisiert.

Dazu wir es vor allem darauf ankommen, ob die Rettungsarbeiten an dem havarierten Kernkraftwerk Fukushima I erfolgreich sind. Entscheidend wird sein, ob die Kühlaggregate wieder in betrieb genommen werden können. Erst wenn mit deren Hilfe eine stabile Kühlung der Reaktoren sicher gestellt worden ist, gibt es keine akuten Sicherheitsrisiken in der betroffenen Region mehr. Deshalb empfehle ich, auch wenn gegenwärtig die Strahlungswerte im Raum Tokyo/Yokohama keinerlei gesundheitliche Bedrohung darstellen, dass Sie sich bis auf weiteres nicht für längere Zeit dort aufhalten. Dies schließt kurzfristige Aufenthalte (z.B. Tagesrandreisen) nicht aus.

Die zuständigen Stellen von Regierung und Betreibergesellschaft arbeiten mit Hochdruck daran, die Situation unter Kontrolle zu bekommen. Die vergangenen Tage haben einige ermutigende Fortschritte gebracht, so beim Anschluss an das regionale Hochspannungsnetz oder bei den vorläufigen Maßnahmen zur Abkühlung von Reaktoren und Lagerbecken. Über erste Erfolge werden wir vielleicht bereits am Wochenende mehr wissen. Wir sind aber noch nicht „über den berg". Die Botschaft analysiert die Situation weiterhin sehr sorgfältig und wird Sie wie bisher mit täglichen Aktualisierungen auf dem Laufenden halten. Im Moment müssen wir uns alle noch in Geduld fassen, aber wir hoffen alle, dass die großen Anstrengungen der japanischen Fachleute in Fukushima sehr bald von Erfolg gekrönt sein werden.

Mit guten Wünschen

Ihr Dr. Volker Stanzel"

Später rief mich noch eine Dame von Miles & More von der Lufthansa an, um mir mitzuteilen, dass mein Flug wieder planmäßig verlaufe. So viel Service. Ich war begeistert. Einen weiteren Tag später erfahre ich, dass mein Flug jetzt doch über Seoul nach Frankfurt geht. Alles O.K., dann eben über Seoul nach Frankfurt.

Am Tag 15 nach dem Beben ist die Lage im Fukushima Daiichi Kraftwerk immer noch ungeklärt. Eigentlich von Tag zu Tag unklarer. Ein Problem nach dem anderen, eines größer als das andere. Es hat drei Verletzte gegeben. Arbeiter, die in einem Turbinengebäude gearbeitet haben, sind mit Halbschuhen in stark radioaktiv verseuchtes Wasser getreten. Sie haben ihre Füße und Beine hoher Radioaktivität ausgesetzt. Von den Ärzten werden die Verletzungen als Verätzungen ohne Gefahr für lebensbedrohliche Nebenwirkungen bezeichnet.

Die Anzahl der geborgenen Toten und Vermissten wird jetzt mit über 27.500 Menschen beziffert. Die Zahl steigt täglich. Die Anzahl der evakuierten Menschen verringert sich dagegen auf etwa 200.000 Menschen. Viele von ihnen wurden bei Freunden und Verwandten untergebracht oder sind weggezogen.

Ganz begeistert bin ich von der *„Operation Tomodachi"* – Operation Freunde, der amerikanischen Navy und Army in Japan. Ihr Ziel ist es, kurzfristig zu helfen, die erste Not zu lindern. Eingesetzt werden 20.000 amerikanischen Soldaten, der Flugzeugträger „Ronald Reagan", ungezählte Schiffe und Flugzeuge. Sie arbeiten gewohnt schnell, Sie haben in kürzester Zeit schon 60.000 Menschen aus der ersten Not mit ihren Hilfspaketen geholfen, bringen frisches Wasser für die Kühlung der Reaktoren in Tankschiffen zum Fukushima Daiichi. Sie arbeiten eng mit dem japanischen Militär zusammen. So wie ich das sehe, können Japaner in der Krisenbewältigung von ihrer Effizienz noch eine Menge lernen. Keine langen Vorreden, anpacken!

Endlich kommt meine Lieblingssendung im TV. Ein allbekannter TV Moderator Ikegami-san, Mr. News - Akira Ikegami, erklärt in seiner Sendung Manaberu News – *„Nachrichten, aus denen Sie etwas lernen können"* - die Hintergründe, welche und warum Radioaktivität im Fukushima Daiichi austritt. Ikegami-san, ein hervorragender Erklärer komplexer Zusammenhänge, war früher NHK Moderator. Er hatte dann eine Sendung, in der er die Rolle eines Vaters einnahm, der Kindern die wöchentlichen Nachrichten erklärt, daher seine gute Art, die Dinge zu erklären. In seiner Sendung Manaberu News erklärt er verständlich für jeden, zusammen mit bekannten japanischen Wissenschaftlern, die zusammenhängenden Details, beginnend mit dem Aufbau eines Brennstabes bis hin zu den unterschiedlichen Arten der Strahlungen und was sie bewirken. Jetzt erst verstehe ich, dass die Radioaktivität, die an Kleidung und Körper anhaftet, in microSievert und milliSievert ausgedrückt wird, die Strahlung, die auf der Erde oder im Wasser bleibt, in Becquerel. Tage später werden diese Werte wieder einmal einem Publikum im TV präsentiert, das, wie ich, eigentlich nichts damit anfangen kann, es sei denn sie hätten von Ikegami-san etwas gelernt.

Die Normalität des Alltags in Yokohama sind Stromabschaltungen mit vollkommen dunklen Wohnvierteln, immer noch geschlossenen Restaurants oder Lokalen mit kürzeren Öffnungszeiten, eingeschränkten Bahnfahrplänen, gesperrten Rolltreppen, fehlendem Mineralwasser und Milch in den Läden sowie steigender Angst vor verstrahltem Trinkwasser und Gemüse. Asiatische Länder schränken den Import von japanischen Lebensmitteln ein, nach wie vor fehlen Teile und Chips für den weltweiten Automobilbau.

Aber es gibt auch Fortschritte zu vermelden. In den beiden letzten Tagen hatten wir kein größeres Erdbeben bemerkt, obwohl bis Sonntag eine 20% Möglichkeit für ein größeres Nachbeben besteht. Unsere Erdbeben-Krankheit ist damit zunächst einmal verschwunden. Doch Experten warnen, dass es auch noch in den nächsten Wochen zu weiteren großen Nachbeben kommen könnte.

Das japanische Wetteramt berichtet über die Nachbeben bis 24. März, 17:00: drei Beben mit einer Stärke von über 7,0 (Das große Beben hatte die Stärke 9.0.), neunundfünfzig Beben größer als Stärke 6,0 und dreihundertsiebenundvierzig Beben mit einer Stärke größer als 5,0. Die Nachbeben unterhalb Skala 5 wurden hier nicht erfasst, obwohl sie deutlich zu spüren sind. Und alle diese Erdbeben haben wir auf unserem Ponton ausgeschaukelt, oder gar nicht erst bemerkt.

Die Schlangen vor den Tankstellen sind verschwunden, allerdings schließen sie ungewöhnlich früh am Abend. Mineralwasser fehlt vollkommen in den Regalen der Läden. Vor 2 Tagen wurde vor der Beimischung von Leitungswasser in Babynahrung gewarnt. In Tokyo wurden erhöhte Strahlenwerte im Trinkwasser entdeckt. Kaum war diese Information in der Welt, schon meldeten sich ängstliche Mütter und baten um Aufklärung. Am darauffolgenden Tag sind die Wasserflaschen ausverkauft. Toilettenpapier gibt es teilweise wieder, aber unsere Marke ist noch nicht dabei, also warten wir ab. Wir hören von den ersten jungen Frauen, die ins Kansai fahren, um dort ihre Kinder sicher zur Welt zu bringen.

Zu dieser „*Normalität*" gehört auch die tägliche Stromsperre zum Beispiel im Wohngebiet der Schwiegereltern. Gestern Abend wurde der Strom von 19:00m bis 22:00 bei ihnen abgestellt.

In Japan wird es im März schon ziemlich früh, gegen 18:15, dunkel. Ihr Gebiet war daraufhin beängstigend stockfinster. Hin und wieder huschen Menschen mit Taschenlampen am Straßenrand vorbei, es wäre ohne eine solche Lampe lebensgefährlich für sie, denn schon Zentimeter neben ihnen fahren die Autos. Nur ihre Lichter erhellen die total finsteren Straßen. Einige Ampelanlagen funktionieren, in dieser Dunkelheit sind sie Orientierungspunkte und gleichzeitig haben sie etwas Beruhigendes wie: *„Hier herrscht noch Leben"*. In den engen Straßen der Wohngebiete absolute Dunkelheit. Gespenstisch. Glücklicherweise gibt es in Japan nur eine ganz geringe Kriminalität, das macht es einfacher mit dieser Lage umzugehen.

Was machen dann die Schwiegereltern in ihrem kalten Haus in den drei Stunden ohne Licht? Wir wollen sie abholen, um zum Asakusa Kanon Tempel in Tokyo zu fahren. Danach wollen wir gemeinsam zum Essen gehen und ihnen bis 22:00 die Zeit vertreiben.

Auf dem Hinweg fliegt uns auf der Autobahn ein Stein in die Windschutzscheibe, es entsteht sofort ein langer Riss. So können wir nicht zusammen nach Asakusa fahren. Kurze Darstellung des Ereignisses, wir beschießen unser Auto zu Toyota zu bringen und mit Schwiegervaters Auto danach zu uns nach Hause zu fahren. Keine Diskussion, doch noch nach Tokyo zu fahren oder darüber, wer für den Schaden verantwortlich sein könnte. Das Nummernschild des LKWs mit weißen Kieselsteinen, der vor uns ohne Abdeckung der Ladung fuhr, haben wir sowieso nicht notiert. Also *Shoganai*. Sollten wir uns aufregen? Worüber? Es gilt nur, was tun wir als nächstes.

An diesem Abend sahen wir so viele Familien, die versuchten, in den wenigen Familien-Restaurants einen Platz zu bekommen. Das sind die Läden der großen Restaurantketten, die außerhalb des Strom gesperrten Gebietes liegen und die mit Elektrizität versorgt wurden. Es bildeten sich Schlangen mit Wartelisten vor diesen Restaurants, jeder wollte bis 22:00 ins Warme. Ob das jetzt jeden Tag so weitergehen wird? Was machen diese Leute im Sommer, wenn es schwül und heiß wird, ohne Klimaanlage? Das sind Fragen, die nur kurz angesprochen werden und mit einem, *„das werden wir schon sehen"*, beantwortet werden. Geduld, warum sich jetzt schon ereifern?

Es gibt zu viele herzergreifende Geschichten, als dass ich sie noch berichten könnte. Aber eine möchte ich herausgreifen, die ich ein paar Tage später in der Japan Times gelesen habe: Endlich nach mehr als zwei Wochen nach dem Desaster ist das Krematorium der Stadt Natori wieder im eingeschränkten Betrieb. Es wurde durch den Tsunami so zerstört, dass die Opfer nicht mehr eingeäschert werden konnten. Sie wurden beerdigt, was in Japan zwar gegen die allgemeine Regel und das Gesetz verstößt. Aber in solchen Zeiten mussten die vielen geborgenen Toten deshalb vorsorglich beerdigt werden mit dem Versprechen der Behörden, sie später ordnungsgemäß einzuäschern. Nachdem der Betrieb im Krematorium wieder einigermaßen hergestellt werden konnte, wurden als erstes zwei junge Brüder im Alter von 16 und 19 Jahren eingeäschert. Die Familie, Eltern, Großmutter und zwei weitere Brüder nahmen an dieser Zeremonie teil. Der Vater sagte dazu: *„Nach der Einäscherung können wir endlich die Urnen mit nach Hause nehmen. Das gibt uns Frieden."* Dann fügt er noch hinzu: *„ Es ist jetzt geschehen, es gibt jetzt nicht viel zu tun als an die Zukunft für die zurückgebliebene Familie zu denken."* Da war es wieder, das *Shoganai* mit dem Blick in die Zukunft gerichtet!

Ein großes Problem nach dem Erdbeben mit dem Tsunami sind die mit dem Tsunami weggewaschenen lokalen Verwaltungen. Teilweise sind die Bürgermeister und Beamten in den Fluten umgekommen. Beamte mit Erfahrung bei der Bewältigung von Katastrophen fehlen an allen Ecken und Enden. Die Stellvertreter, wenn sie denn noch da sind, müssen Probleme bewältigen, die überdimensional sind. Familienbücher, Katasterdateien, Einwohnermeldeunterlagen, alles ist weg. Die zerstörten Gebiete sind so groß, die Wünsche und ungelösten Probleme der Einzelnen so unermesslich. Es fehlen überall erfahrene Leute, die helfen können. Der eine benötigt eine Bescheinigung für seine Versicherung, dass er sein Haus verloren habe – da muss jemand mit rausgehen und sich das ansehen. Ein anderer berichtet, dass seine Propangasbehälter jetzt oben am Dach hingen, und bittet um Rat, was er tun soll – auch da muss jemand mit rausgehen. Aber wer? Die Probleme mögen zwar klein aussehen, sie summieren sich jedoch auf tausende. Feuerwehrleute, die zur Lösung beitragen könnten, sind ebenfalls im Tsunami verschollen. Da stellt ein Beamter aus Kobe bei seinem Besuch eines Evakuierungslagers fest, dass die älteren Leute das mit Trinkwasser beschriftete Mineralwasser nicht zum Zähneputzen benutzen und deshalb Probleme bekamen. Seine kurzfristige Entscheidung und Bekanntmachung: *Nehmt das Wasser auch zum Zähneputzen*. Das ist nicht die Unselbstständigkeit der Evakuierten, sondern je länger sie in solchen miserablen Zuständen leben, desto eher verstummen sie und trauen sich nicht etwas zu tun, was nicht ausdrücklich erlaubt wurde.

Die wenigen Verwaltungsleute arbeiten rund um die Uhr, sehen unausgeschlafen aus, sind unrasiert. Das sind die Lücken für die freiwilligen Helfer. Studenten mit Evakuierungserfahrungen stehen bereit, benötigen aber einen sicheren Stützpunkt, der sich nicht so einfach finden lässt. Tage vergehen, bis diese Leute dann endlich dazu kommen, das zu tun, wofür sie sich gemeldet haben – den Dienst am Menschen.

Es ist wieder einmal anrührend im TV zu sehen, wie sie sich um die einzelnen kümmern, um das erste Fußbad, die helfende Hand, das warme Wort. Menschen, die wissen, was jetzt am nötigsten ist und die die Gefühle und Emotionen der evakuierten Menschen kennen. Sie hören zunächst einmal zu und versuchen dann mit dem Rathaus, auch wenn das, wie in dem geschilderten Fall, nur provisorisch in Containern untergebracht ist, ein Problem nach dem anderen zu lösen.

Aber am Ende kommt ein Fachmann zu dem Schluss, dass alle bisherigen Erfahrungen nicht ausreichen, um die

unvorstellbare Dimension der Probleme zu lösen. Die Aufgaben sind so unvorhergesehen, und dafür braucht es neue, noch nicht gelernte, aber kurzfristige Lösungen. Herkules.

Japans nächster Schritt

*A*m 6. Juni 2011 las ich den Blog von Ministerpräsident Kann, in dem er seine Erfahrung mit Windkraft und *„The Next Era“* ankündigt.

Er berichtet in seinem Blog, dass schon vor langer Zeit das *"Fu (wind)-Topia Project" der Science and Technology Agency* abgesagt worden war, weil es ökonomisch nicht gewollt und damit für nicht vertretbar gehalten worden war. Jetzt so viele Jahre später und nach der Katastrophe in Tohoku und Fukushima will Ministerpräsident Kan den *„Basic Energy Plan“* Japans von Grund auf überarbeiten lassen und sich jetzt auf natürliche Ressourcen wie Wind und Solar als Kernenergie für *„The Next Era“* fokussieren.

Kapitel 5

Shoganai und andere Geheimnisse als Grundeinstellung

In unserem Haus fährt ein junger Vater mit seinen Zwillingskindern im Aufzug mit nach unten. Eines der Kinder schreit und beschwert sich, dass es ein Spielzeugauto vergessen hätte, es aber unbedingt mitnehmen wollte. Der Vater hebt das Kind auf den Arm, klopft ihm liebevoll den Rücken und sagt mehrfach *Gaman. Gaman.* Was so viel heißt, *hab Geduld, ertrag das, beherrsch dich.* Aha, da ist es wieder. Die frühe Erziehung, sich selbst zu beobachten und sich dann zur Geduld, zum Ertragen einer Situation aufzurufen. Die frühe Erziehung zum *Shoganai.* Zuerst einmal zur Akzeptanz der Situation, zur anfänglichen Ruhe für den nächsten Schritt. Dies ist eines der Geheimnisse, warum Japaner die Situation so bewundernswert ertragen haben.

Aber auch Achtung, wenn zu viel *Gaman* heruntergeschluckt werden muss, wenn dann eines Tages das Maß voll ist, dann kann ein Vulkan ausbrechen. Das ist die andere Seite derselben Medaille. Das kann aber auch der Ausdruck des so bewunderten, unbeugsamen Geistes und des starken Willens dieser Japaner sein, weiter nach vorne zu gehen. Wie die Schildkröte, die immer weiter, weiter, weiter geht, zwar langsam, aber stetig. Die Schildkröte, das Symbol für ein langes Leben.

Die Menschen im Norden Japans, auch in der Region Tohokus, so sagt man in Japan, sind besonders geduldig. Sie werden daher auch als *„gamanzuyoi"* oder *„shinbozuyoi"*, als geduldige, aber gleichzeitig auch sehr standhafte Menschen bezeichnet. Im Winter müssen sie über längere Zeit Schnee und Kälte ertragen, das macht sie geduldig, aber dadurch auch besonders zäh. Außerdem leben sie mehr von der Fischerei und Landwirtschaft und sind kleinstädtisch, dörflich geprägt. Es gibt familiäre Abhängigkeiten und ein besonderes Zusammengehörigkeitsgefühl, anders als im Moloch Tokyo, wo viele auf sich alleine gestellt sind.

Durch ihre innere Ruhe können sie sich mit der Antwort auf die Frage beschäftigen, *warum sollte ich mich aufregen.* Eben, weil es Energieverschwendung ist. Diese Menschen wissen genau, dass gegen die Natur nichts zu machen ist – also, akzeptieren: *Gaman* und *Shoganai*. Das erleichtert das Leben für den Blick nach vorne.

Sicherlich können wir *Gaman* und damit *Shoganai,* wenn wir es denn wollten, zwar nicht von heute auf morgen umsetzen, aber mit etwas gutem Willen und mit einiger Übung geht es in Fleisch und Blut über, dann erleichtert es das Leben ganz enorm.

Nach Geschäftsabschlüssen mit japanischen Firmen wurde das *ishho-ni, „gemeinsam"* immer besonders betont. Für mich klang es auch wie ein Zauberwort, wenn wir es geschafft hatten, ein *issho-ni* zwischen Firmen aus unter

schiedlichen Kulturen zusammenzuhalten. Jetzt bei der gemeinsamen Bewältigung des Desasters kommt den hart geprüften Menschen ihr starkes Zusammengehörigkeitsgefühl zugute.

Schon in Zeiten vor der Meji (Urgroßvater des heutigen Kaisers Akihito) Restauration Ende des 17. Jahrhunderts wurde die Bauern von ihren Fürsten gezwungen, einen entsprechenden Anteil der Ernte abzuliefern. Dazu wurde eine ganz Dorfgemeinde verpflichtet, die dann darauf achtete, dass jedes Mitglied der Gemeinschaft seinen Anteil dazu beitrug. Reisernte klappt sowieso nur in Gemeinschaft. Damit war es unmöglich, für sich alleine etwas zu schaffen, es ging nur im Verbund miteinander. Solche Gemeinschaften wachsen zusammen und verfolgen ein gemeinsames Ziel. Vielleicht liegt hier der Ursprung dafür, was ich überall immer wieder höre: „ *issho-ni gambaru"*, was so viele heißt *„zusammen halten wir bis zum Ende durch"*.

Ein Zusammenleben und auch Geschäfte ohne *kimochi,* das sind *„Gefühl und Stimmung"*, sind überhaupt nicht möglich. Das ist bei so eng aufeinander hockenden Menschen von größter Bedeutung und muss immer wieder aufs Neue gepflegt werden. Wo gibt es dann noch Möglichkeiten aus der Gemeinschaft auszubrechen und unfreundlich zu sein? Sie sorgen gerne für die anderen, lassen dem anderen gerne den Vortritt und erzeugen eine Stimmung, in der sich jeder wohlfühlt. Da bleibt kein Raum zum Meckern, eher weiter gemeinsam zu ertragen und gemeinsam in die Zukunft zu blicken.

Warum ich zu Beginn über die Schwiegereltern und ihr Haus so ausführlich berichtet habe, hat auch mit dem Erdbeben und der Bewältigung der anschließenden Krise zu tun. Die beiden leben sehr bescheiden, von Gier nach Ruhm, Ansehen und Geld keine Spur. Wem sollten sie auch imponieren wollen? Beide ruhen in sich, kennen ihren Wert, ohne ihn nach außen darstellen zu müssen. Ein großes Ego habe ich in all den Jahren bei beiden nicht feststellen können. Glück bedeutet für sie sich frei von äußeren Einflüssen so entscheiden zu können, dass es zu ihrer Zufriedenheit und damit auch ihrer inneren Ruhe führt.

Was für mich mit meiner anfänglichen Unbeholfenheit in diesem Umfeld so erfrischend war, war ihre Toleranz mir gegenüber. Alle Ungeschicklichkeit wurde bestimmt gesehen, aber dann auch einfach übersehen.

Da ich sie repräsentativ für eine große Anzahl von älteren Japanern halte, denke ich, dass ihre Tugenden zum *Shoganai, gaman, issho-ni, issho-ni gambaru* und *kimochi* hinzuzufügen sind. Tugenden, die unsere Vorfahren uns in Deutschland als deutsche Tugenden eigentlich auch einmal vorgelebt haben.

Japans Klima ist verglichen mit den umliegenden asiatischen Ländern relativ mild mit klar abgegrenzten vier Jahreszeiten, mit wunderschönen Landschaften und einer üppigen Natur. Daraus ergibt sich auch die sanfte Mentalität der Menschen.

Bedingt durch die spezielle Topografie Japans, ist die Nutzfläche sehr gering, etwa 25% der gesamten Fläche. Japaner sind daher gezwungen, sehr eng zusammenzuleben, das funktioniert nur mit Rücksichtnahme, Freundlichkeit und Höflichkeit untereinander, die jeden Besucher Japans so sehr beeindruckt.

Der aus Indien über China und Korea nach Japan eingeführte Buddhismus wurde von den Japanern auf ihre sanfte Mentalität angepasst und konnte sich schon seit dem 7. Jahrhundert als Staatsreligion verbreiten. Der Buddhismus und der Konfuzianismus aus China wurden japanisiert und mit Erfahrungen vermischt. Seit dieser Zeit wird das Wissen im japanischen Volk verbreitet und von Generation zu Generation weitergegeben. So ist es wesentlich zu lernen, seine Verlangen zu beherrschen, indem man die Vergänglichkeit und die ständige Veränderung des Lebens akzeptiert. Diese Einstellung führt letztendlich zum inneren Frieden, denn alle Gier, unermessliche Wünsche und alle Illusionen sind die Grundübel, die letztlich zum Leiden führen. Ob das nun alle Japaner heute noch so bedenken, sei dahingestellt. Es ist auf jeden Fall für den lernwilligen Ausländer in Japan eine gute Erklärung.

In der vom jetzigen Erdbeben mit betroffenen Iwate Präfektur liegt die Stadt Hiraizumi, in der im 11. Jahrhundert viele Kämpfe um die Macht des Landes ausgefochten

wurden und Tausende Soldaten auf beiden Seiten gefallen sind. Der japanische Dichter und Haiku Meister Matsuo Bassho besichtigte Ende des 17. Jahrhunderts diese Schlachtfelder. Seinen Eindruck legte er in einem alles ausdrückenden Haiku nieder:

„Sommergras! Das ist alles was übrig blieb von alten Soldatenträumen“

Wenn Sie sich einmal umsehen, gibt es verdammt viel Sommergras in unserer Welt. Es lohnt sich deshalb in Ruhe etwas abzuwägen und über das Ergebnis *Sommergras* einmal nachzudenken.

Von meiner Frau hatte ich immer schon gehört, dass Japan das Paradies der Naturkatastrophen sei: Erdbeben, Tsunami, Taifun und Feuer. Jeder Japaner hat damit und mit den Folgen solcher Naturereignisse seine eigenen Erfahrungen gemacht. Sie wissen daher um die ständige Veränderlichkeit des Lebens und können solche Katastrophen damit leichter akzeptieren. Sie müssen damit leben und doch ihr Leben immer wieder und weiter gestalten. Also warum sich aufregen? *Shoganai.* Mit dieser Einstellung gibt es genügend Raum für Optimismus für eine glückliche Zukunft.

Nachwort

Versetzen Sie sich nur einen kleinen Augenblick in die Lage der Evakuierten, derjenigen, die ihre Familien und ihren Besitz verloren haben, in die Kämpfer im Fukushima Daiichi Kraftwerk, in die Tausende von freiwilligen Helfern und in die Aufräumgruppen des japanischen Militärs.

Alle diese Menschen werden unsere Unterstützung be

nötigen, nicht nur jetzt, sondern bestimmt auch in den kommenden 10 bis 20 Jahren.

In dieser langen Zeitperiode wird es noch viele weitere Erdbeben in Japan geben, die die Japaner immer wieder in Angst und Schrecken versetzen werden. Ich bin mir ganz sicher, sie werden es mit ihrem *Shoganai* überkommen.